JN077664

追い出されたら、何かと上手くいきまして
OIDASARETARA
NANIKATO UMAKU
IKIMASHITE
4
Yukizuka Yuzu
雪塚ゆず
Illustration 福きつね

ユリーカ
アレクの同級生。成績優秀で、
ライアンのツッコミ役。
契約している召喚獣はオルタス。
シオン
アレクの同級生。
優しくて恥ずかしがり屋。
契約している召喚獣は
スキャリー。
ライアン
アレクの同級生で、
元気いっぱいな少年。
勉強は苦手。
契約している
召喚獣はタイショ。
アレク
紫の髪と瞳の色を両親に
気味悪がられ、ムーンオルト家
から追放されてしまった
本作の主人公。
心優しく、自分は落ちこぼれ
だと思っている。

CHARACTER
エリーゼ
（エリザベス）
アレクの後輩。
人間と吸血鬼の血を引き、
二つの人格を持っている。
エルル
SSS ランクの
凄腕冒険者で、ガディとは双子。
弟のアレクを溺愛している。
料理が得意。
ガディ
双子のエルルと
同じく、
SSS ランク冒険者。
毒舌。弟のアレクを
溺愛している。

第一話　アレク、体育祭に出る

英雄ムーンオルト家を追放され、素性《すじょう》を伏せて英雄学園に入学したアレクは、初等部二年生になった。

両親に気味悪がられていた紫の瞳と髪色は魔法で金色に染め、「サルト」という姓を名乗っているおかげで、今のところ一部の者を除けばアレクの正体を知られてはいない。

トリティカーナ国王に聞いた話によれば、紫の瞳と髪色は、かつて地上最大の危機を救った天使と同じ特徴だという。アレクの力を利用しようとする者に狙われるかもしれないから隠したほうがよいと忠告され、注意して過ごしている。

アレクを捜しにきた双子の兄姉であるガディとエルルや、同級生のユリーカ、ライアン、シオン達に囲まれ、時に事件に巻き込まれつつ、賑やかな学園生活を送っていた。

後輩となる新入生を迎えて約二ケ月経ったある日の朝。

初等部二年Aクラスの担任であるアリーシャが、いつもの時間に、やけにしなびた様子で教室に入ってきた。

「おはよーございまーす……」

「アリーシャ先生、なんか元気なくね？」

「どうせまた二日酔いでしょ」

生徒からかなり失礼な言葉を浴びせられているアリーシャだが、大抵の場合は当たっているため、特に否定したりはしない。

しかし、今日は二日酔いとは別の理由があった。

「あー、最悪。この時期がやってきてしまった……」

アリーシャはそう嘆きながら、黒板にスラスラと文字を書き上げる。

「はい！　二年に一度の体育祭の時期がやってきてしまいました！」

アレク達は二年生なので、これが実質初めての体育祭になる。

だから、アリーシャがなぜそこまで嫌そうな顔をしているのかわからなかった。

ユリーカが恐る恐る挙手をする。

「あの、先生」

「はい。何でしょう、ユリーカさん」

「体育祭って……初等部ハントみたいな感じですか？」

「…………」

新入生達に、恐怖とトラウマを深く植えつけることとなった初等部ハント。

自分達の委員会に新入生を入れるために、上級生が新入生を追いかけ、ハントするという恒例行事だ。

捕まった新入生は、その委員会に入らなければならない。だから、新入生は望まない委員会の上級生から必死で逃げ、一方で上級生は後輩を委員会に引き入れるためにどんな手でも使うのである。

Aクラスの生徒達は、当時を思い出して身震いした。

あれ以上の恐怖を味わう行事は、もう他にないと思いたい。

思いたいのだが。

「……続けます！」

ユリーカの質問はガン無視された。

「体育祭は一週間後です！」

「え！　急すぎね？」

ライアンの言葉にアレクも同感だったが、アリーシャはその理由を説明する。

「英雄学園では、非常事態が起こっても生徒が動じず即座に対応できるように、体育祭の日付は直前まで決めないの。時期も数ヶ月単位でずれるわね。まあ、これも授業の一環ってわけ。私だって、開催を伝えられたのは今日だし……ライアン君。君、確か体育委員だったよね？」

「あ〜、はい！」

「今日、放課後に準備のための集まりがあるから忘れずにね」

「は～い……めんどうだなぁ」

「何か言った？」

「何でもありません！」

アリーシャはライアンの小声の文句を聞き取ったらしい。

咄嗟《とっさ》に誤魔化《ごまか》したライアンだったが、アリーシャの鋭い視線は変わらなかったので、目を合わせないよう下を向いて何とかやり過ごす。

「……まあいいわ。体育祭の説明をします！　まず、学年内のクラス対抗戦。その次に、委員会対抗戦。最後に、学年対抗戦ね」

「質問です！」

「何でしょう、アレク君」

「最後の学年対抗戦って、初等部から高等部までの全学年ですか？　だとしたら、初等部が不利なんじゃないかな、と」

「あー、それね。ここだけの話、多分学年対抗戦はなくなるから考えなくていいよ」

「へ？」

意味がわからず呆気に取られていると、アリーシャはパン、と両手を打ち鳴らした。

「はい！　説明は以上！　みんな、今からそれぞれの委員会室に行ってください！」

これ以上の説明は不要だ、とばかりにアリーシャは早々に話に区切りをつけた。

「えっ⁉　今から委員会⁉」

「今日は委員会ごとに体育祭の対策会議をします！　ほらっ、行った行った！」

アリーシャが珍しく声を張り上げたため、生徒達は慌てて教室から出ていった。

誰もいなくなった教室で、アリーシャは静かに項垂《うなだ》れる。

「やだなぁ～……やりたくないなぁ～」

◆　◆　◆

「アレク君！」

「あっ、ヴィエラちゃん」

委員会室に入ったアレクを出迎えたのは、ヴィエラだった。

ヴィエラはアレクの同級生で、アレクの所属する魔法研究委員会の一員である。

「レイル先輩とベッキー先輩は？」

「まだみたい。でも、もうそろそろじゃないかな」

レイルは魔法研究委員会の委員長であり、いつも朗《ほが》らかな好青年だ。

アレクは以前、癒しの魔力を込めたカプセルを開発したのだが、表向きにはレイルがその薬の開発者となっている。

薬の効果があまりにも高いため、幼いアレクが開発したと知られれば、彼の身に危険が及ぶ恐れがある。学園長は世間に疎《うと》いアレクよりも、年上のレイルのほうが問題に対処しやすいだろうと判断し、アレクもレイルもそれを受け入れたのだった。

今や、レイルの名はかなり広まっているらしい。最近、街を歩いていたら研究者らしき人からサインを頼まれた、と自慢していた。

ベッキーことレベッカは、マウロス商会で有名なマウロス家の令嬢だ。トリティカーナ王国第三王女で、アレクの婚約者でもあるシルファの誕生会にも一緒に出席したことがある。

後から知ったことだが、アレクの兄と姉であるガディとエルルの同級生らしい。

もとは病弱だったのだが、アレクが作ったカプセルを飲んでからというものすっかり回復し、今や活発な少女となった。

といっても、カプセルの効果はずっと持続するわけではないので、定期的にカプセルを購入しているそうだ。

アレクとヴィエラが席につこうとしたちょうどその時、話題に出た先輩二人が教室に入ってきた。

「アレク君にヴィエラさん。早かったですわね」

「ごめんね？　遅れちゃったかな」

そう言ったレベッカとレイルに、アレクとヴィエラは微笑みを返す。

「そんなことないですよ」

「私達の教室のほうが委員会室は近いですし」

全員が席につくと、早速、体育祭の対策会議が始まった。

魔法研究委員会は人数が一番少ない委員会で、体育祭でかなり不利になることが目に見えている。

レイルは悩ましげな表情で口を開いた。

「確か、前回の委員会対抗戦は古代語解読とかだっけ？」

「特定の生徒にしか解けなかったので、かなり差がつきましたわよね～」

「「!?」」

あはは、とにこやかに語る先輩二人に、アレクとヴィエラは目を剥《む》いた。

体育祭で、なぜ古代語の問題が出されるのか。

この話から察するに、体育祭に「普通」を期待しないほうがよさそうだ。

ヴィエラがレイルにそっと尋ねる。

「あの……一昨年は魔法研究委員会、勝ちました？」

「ボロ負けだよ。委員会に所属してる人数も少なかったし」

「必要なのか、そうではないのか、よくわからない委員会ですからね。今年も多分負けますわ」

すでに諦めたように、レイルとレベッカはため息をつく。

早くも負けを認めながらも、どこか物悲しそうなその様子を見て、アレクのやる気に火がついた。

「レイル先輩！　ベッキー先輩！」

「うおっ⁉」

「アレク……君？」

気圧《けお》されて驚いているレイルとレベッカの目を、アレクは真っ直ぐに見る。

「勝ちましょう！　絶対に！」

「え……で、でも、かなり不可能に近いというか」

「そんなこと言ってられません！　レイル先輩、今年が最後の体育祭でしょう⁉」

弱気なレイルの言葉に首を横に振り、アレクは力強く言った。

体育祭は二年に一度。なら、レイルが魔法研究委員会で勝つチャンスは今回だけだ。

レイルもレベッカも諦めを口にしつつも、本心ではやはり勝ちたいはず。

その気持ちをアレクは感じ取り、最後の体育祭をよい思い出にしてあげたいと願った。

「古代語でも何でも勉強します！」

「待ってくださいまし！　前回と競技が被ることはありませんわ！」

やる気が漲《みなぎ》るアレクを一旦落ち着かせるため、レベッカは口を挟んだ。

委員会対抗戦の対策会議という名目ではあるが、実際のところ、この時間は上級生が下級生に、いかに体育祭が過酷であるかを教えるために設けられているものである。

毎回競技内容が変わるので、上級生の持つ経験と知識から心構えを伝えることくらいしかできない。

しかし、正直にそれを言えばアレクのやる気を潰《つぶ》しかねないので、レイルは一旦話題を変えることにした。

「この委員会対抗戦、優勝したら何が貰えるか知ってる？」

「えっ、景品があるんですか⁉」

初耳だったらしく、ヴィエラはひどく驚いた。それはアレクも同様で興味津々《しんしん》だ。

レイルは頷き、説明を続ける。

「ああ。委員会メンバー全員分の旅行券が貰えるらしいぞ」

「「ええっ⁉」」

アレクとヴィエラが声を上げると、レイルがにっこりと笑う。

「こんなに豪華なのは今年が初めてらしい」

「学園長の借金がなくなった途端、これですものね」

レベッカの辛辣《しんらつ》なツッコミにアレク達は苦笑いする。

学園長はロースウェスト商会のアグニに借金をしており、アレク達が商会を通して売ったカプセルの売上金の一部はその返済に充《あ》てられていた。

借金を肩代わりしたのは実質アレク達なので、レベッカの呆れも無理はないだろう。

ヴィエラがレイルに質問する。

「旅行って、お休みの日にですか？」

「ああ。週に二日休みがあるだろ？　その二日を利用するんだ」

「凄いですね……」

「他の委員会も張り切ってってね。まあ、僕も頑張りたいとは思うんだけど……」

「不安ですわね」

レイルとレベッカは、アレクの気持ちはありがたいと思いつつも、やはり自分達が勝てるとは思えず、力なく笑う。

それでもアレクのやる気は潰《つい》えなかった。むしろ、景品が出ると知って先ほどより上がっている。

（レイル先輩にはたくさんお世話になったんだ……！　最後の体育祭は、優勝したい！）

勝利を目指すアレクは、普段なら絶対にしないであろう、とある決心をした。

第二話　ライアン、競争する

一週間はあっという間だった。

体育祭当日、アレク達はクラスメートと一緒に体操服に着替え、運動場に整列する。

「あちぃ」

「汗だくだくだよぉ……」

ライアンがうへぇ、と舌を出し、シオンも暑さで項垂れる。

暦のうえではまだ春だが、夏が近づいてきたせいかかなり暑い。直射日光の下で随分と長い間立たされているせいで、生徒達は皆ぐったりしている——一人を除いて。

「……アレク君？」

「なに？」

ユリーカは一人元気なアレクを見て首を傾げた。

「なんか、凄くキラキラしてるわね」

「そうかな⁉」

やる気に満ち溢れているアレクを見て、ユリーカは眩《まぶ》しそうに目を細めた。

ここまでやる気のある姿を見るのは、初めてかもしれない。

そんなことを考えていると、一人の少女が生徒達の前に進み出た。

見覚えのない姿だったが、たすきに「学園長」と書いてあったので、今日の学園長の姿なのだろう。学園長は日ごとに姿や口調が変わってしまう、特異体質なのだ。

拡声の魔道具片手に、学園長は意気揚々《いきようよう》と口を開く。

「諸君！　ついにこの日がやってきたな！」

「……学園長先生、凄く嬉しそうね」

学園長の笑顔にどことなく闇《やみ》を感じたユリーカは、思わず身をすくめる。

「私から言うことはない！　とにかく全力で私を楽しま――……うぉっふぉん、全力で楽しんでくれればいい！」

「学園長、本音が漏れてます」

隣に立つアリーシャに突っ込まれ、学園長は魔道具を外して小声で言う。

「静かにするんだ、アリーシャ君。皆の嫌がる反応を見るのが醍醐味なのだから」

「鬼ですか」

学園長らしからぬ――いや、もはや教師らしからぬ発言に、アリーシャはドン引きした。

そんなアリーシャを全く気にすることなく、学園長は後ろに控えていた生徒会長のリリーナに魔道具を手渡す。

「体育祭の競技で勝つと、ポイントが入ります。その総合ポイントが一番高かったところが優勝です。優勝者には、ご褒美が用意してあります。学年内のクラス対抗戦で優勝したクラスには、何でも好きなものを教室に配置していいという許可が下ります。あっ、ちなみに何でもといっても限度はありますからね。次に、委員会対抗戦での優勝賞品は委員会メンバー全員分の旅行券です。最後に、学年対抗戦では、勝った学年が一日だけ学園長先生をパシれます」

「最後のやつどういうこと!?」

「学園長先生をパシれる……？」

「生徒は各自の控え場所にお戻りください。最初の競技はパン食い競争です」

ザワつく生徒達を静めるように、リリーナは食い気味にそう言って移動を促した。

様々な疑問が残る中で、アレク達は自分のクラスの控え場所に戻る。

「さて、俺の出番だ！」

ライアンは腕まくりをし、運動場に向かっていった。

「ライアン、頑張ってね！」

アレクや他のクラスメートに応援され、ライアンはワクワクしながらスタート地点に立つ。

最初は初等部の生徒からだ。

ライアンは身体能力が高いので、この競技に自信があった。

しかし、ライアンと同じ競技の参加者と思われる面々を見て違和感を覚える。

「……ん？　何で皆、どんよりしてんだ？」

スタート地点の後ろに控えている初等部の生徒以外が、げっそりといった風に落ち込んでいた。

上級生達があからさまに嫌そうな顔をしているので、楽天的なライアンもさすがに何事かと動揺する。

その時、ライアンの考えを打ち消すように体育委員の声が聞こえた。

「位置について」

ライアンは慌てて他の生徒に合わせて準備した。

「よーい、どん!!」

体育委員の掛け声がすると、炎の魔法を利用したであろう小さな火種が「パンッ！」と弾けた。

参加者が一斉に走り出した直後、学園長の「そ～れ！」という高い声とともに、コース周辺が激しい炎に包まれる。

走っていた生徒達は思わず悲鳴を上げた。

「なんじゃこりゃあああああ！」

『実況を務めさせていただきます、放送係です。炎のパン食い競争、盛り上がってきましたね～』

「盛り上がってねーよ！　てかっ、炎の!?　燃えること前提なのか!?」

火の粉を避けつつ、ライアンは放送席に向かって抗議した。

『早くしないとパンが燃えて失格になります。ちなみに脱落すればポイントはゼロです』

「うっぎゃあ!?」

放送係の説明を受け、ライアンは飛び上がって走り出すが、燃え広がる炎がライアンの行く手を塞《ふさ》いでいる。

「うあっちっちぃ！」

「ほーっほっほっ!!」

愉快げに笑う学園長を見て、アリーシャは小さくポツリとつぶやく。

「魔女…………」

「何か言ったか？」

「ナンデモアリマセン」

炎は勢いを増し、とうとうコース全体を包もうとしていた。

水魔法で消火を試みる生徒もいたが、ライアンは水属性の魔法を使えないため身動きが取れない。

本当に危なくなった生徒は教師が助けているようだが、ここで負けたくなかった。

炎が迫り、アレクが悲鳴じみた声でライアンの名前を呼ぶ。

「らっ、ライアン!!」

「くっそぉ！　おりゃあ！」

ライアンの風魔法が炸裂し、炎が退く。

この隙に、と思ったが、炎は一瞬だけ風で煽《あお》られたものの、すぐに一気に燃え広がった。

「うっそぉぉ!?」

慌てふためく生徒達を眺め、学園長はクスクスと笑い続ける。

「私の魔力がっ、たかが生徒に負けるわけがないわ！」

「悪女……」

「何か言ったか？」

「ナンデモアリマセン」

「うあっちっちぃ！」

結局、初等部生徒の全員がすんでのところで助けられ、パン食い競争は終了した。

ライアンは涙ぐみながら、「こんなんが続くのかよぉ……」とこぼし、がっくりと肩を落とした。


「らっ、ライアン⁉　大丈夫⁉」

「これが大丈夫に見えるか」

戻ってきたライアンの体操服はところどころ黒く煤《すす》けており、焦げくさい臭いを振りまいている。

恨みがましく、ライアンは学園長を見つめた。

「くっそー、学園長先生が魔法使うなんて反則だろ⁉」

「だから皆、体育祭を嫌がってたんだ……」

ライアンがクラスの控え場所に戻っている間に、中等部、高等部とパン食い競争が続いたが、初等部の状況を見た生徒達は死に物狂いでゴールした。

外部の者が見れば、英雄学園がどれだけ規格外か思い知るところだが、生憎《あいにく》突っ込みを入れる者はどこにもいない。

この無謀な体育祭が今日まで続いているのは、生徒の身体能力を極限まで引き上げられるからだ。

教師はそれを知っているが、アレク達生徒にとってはたまったものではない。

『次は、借り物競争です』

「わ、私だ……」

次の競技にはシオンが出ることになっている。

ライアンはシオンの肩をがしりと掴《つか》み、物凄い勢いで言った。

「シオン……！　お、俺の無念を晴らしてくれぇ……！」

「が、頑張るけどぉ」

シオンはゆっくりと頷きつつも、ライアンの迫力に押されて後ずさる。

親友の困っている様子を見て、ユリーカがスパーン！　とライアンの後頭部を丸めた紙で叩いたため、ライアンはその場で突っ伏すこととなった。

先ほどのパン食い競争と違い、借り物競争とその次の競技は、初等部・中等部・高等部が同時に競技するらしい。パン食い競争での学園長の悪ノリのおかげで、予定よりも体育祭の進行が遅れているためとのことだった。

シオンは覚悟を決めてスタート位置に立つ。

『それではー、よーいどん！』

スタートの合図で圧倒的に速く動いたのは、アレクの姉であるエルルだった。

味方の高等部Aクラスからはもちろんのこと、他のクラスからも歓声が上がる。

「うおーーーーっ!!　エルル様ーーーっ!!」

「素敵ですぅううううっ!!」

「お綺麗ですーーーーっ!!」

「エルルお姉様〜〜〜っ!!」

女子生徒の黄色い声も混ざっており、ユリーカは熱気に押されて「凄いわね……」とつぶやいた。

アレクは、叫んでいる生徒が何やらハチマキをしていることに気がつく。

「あれ何？　ハチマキ？」

ぐっと目を細め、ライアンがハチマキに書いてある文字を読み上げる。

「んーと、『愛してます　エルル様』だとよ」

「よく読めるね」

「俺、目ぇいいから。にしても、お前のねーちゃんすげぇな。あれ、ファンクラブだろ」

「う、うん……」

確かにエルルの能力はすさまじく、ＳＳＳランク冒険者の姉は誇りなのだが、身内に向けて「愛してます」と言われると、弟としては複雑な心境である。

ユリーカはそんなアレクを見ながら、つい最近聞いた噂を思い出す。

（確か、初等部の子達がアレク君のファンクラブ作ろうと盛り上がってるって話だけど……本人は嫌がりそうね）

一方、シオンは走っている最中に何か起こるのでは、と警戒していたが、特に何もないので拍子抜けしていた。

「何だ。何も起こらないんだ……って、あわわ。遅れてる」

シオンはそれほど身体能力が高い、というわけではない。気づけば、他の生徒に比べてかなり遅れてしまっていた。

ようやく借り物競争の指示書が置いてある机にたどり着き、一枚手に取る。

「ええと、お題は……」

その内容に目を通し、思わず硬直した。

「す、す、す……」

(好きな人!?)

シオンの好きな人といえば、アレクである。

しかし、まさか借り物競争でアレクに告白するわけにはいかない。

赤面したシオンは、どうすればいいかとオロオロするばかりだ。

他の生徒も、指示書の内容を確認して驚きの声を上げる。

「むっ、むかつく先生!?」

「前髪が地面につくほど長い生徒!?」

「伝説の食べ物!?」

容赦《ようしゃ》ないお題で、達成できる者のほうが少ないのではないだろうか。

それに対して、シオンは恥ずかしささえ我慢すればまだゴールできる見込みがある。

「ほ、他の人にバレないなら……」

そう思った直後に、魔道具で拡声された放送係の大声が聞こえてきた。

『自分から見て最もブサイクな異性っ!!』

「……あぁん？」

どうやらゴールに着いた生徒の指示書の内容を読み上げて、「借り物」が正しく用意できたかを確認しているらしい。

放送係の言葉を聞き、連れてこられた女子生徒は出場者の男子生徒を睨みつけた。

「いやっ、そのっ、すみません!! でもブサイク比率が黄金比というか!! あのっ、ほんの出来心でしてギャアアアアアアッ!!」

出場者の男子生徒が、女子生徒に公開処刑されてしまっている。

しかしそれを見物している暇などなく、他の出場者達は動き出した。

やるしかないのか、と、シオンはアレクの方を振り向く。

意を決して、アレクに声をかけようとしたその時。

「君！　ちょっといいかな！」

「えーっと、お兄さん誰ですか？」

（ほ、他の人が声かけてる～～～!!）

予想外の事態に、シオンの頭が真っ白になる。

そんなシオンなどお構いなしに、男子生徒はアレクに詰め寄った。

「それより！　君、確か聖霊と一緒にいたよね⁉　お願いだ！　お題が『非情な聖霊』なんだ！」

「クリアは非情じゃないですよ。優しい子です」

「演技でいいからっ‼」

するど、男子生徒の背後にフワリと広がる綺麗な銀髪が見えた。

「ちょっと」

「はえ？」

アレクに詰め寄っていた男子生徒の肩を、エルルががしりと掴む。

シオンの位置からはエルルの表情が見えないが、ひどく冷たい声だった。

「なに、うちの弟を脅してるの……？」

「へっ、あっ、弟⁉　あの、脅しているわけでは……」

「言い訳はいいの」

そう言った直後、エルルがぽーいっと軽く男子生徒を投げ捨てた。

そう、軽くである。シオンには信じられない怪力だ。

男子生徒の体は宙を舞い、地面に叩きつけられた。

「わあーーーーっ⁉」

「アレク、私についてきて」

「ね、姉様!?」

エルルはアレクの手を握りしめ、すぐに駆け出した。

「あの人生きてる!?　生きてるよね!?」

男子生徒を心配するアレクの声に答えることなく、エルルは猛スピードでお題確認係のもとへ走っていく。

すぐにたどり着き、エルルは確認係に紙を突きつけた。確認係はたじろぎつつ、紙を読み上げる。

『自分が最も愛している人物っ!!　これはこれは!?　エルル様、この子は？　もしかして、告白ですか!?』

「弟よ」

『なるほど～、一番愛しているのは弟さんですね!?』

「愛……というか。まあ、一番好きなのはアレクとガディね」

何の恥じらいもなく言い捨てるエルルに、エルルのファンクラブ会員が涙した。

「エルルさまぁぁぁぁぁ」

「そんなぁーーーーっ!?」

「さ、戻りましょ、アレク」

「姉様……家族でも間違ってないけど、皆は別の意味の愛を期待してたと思うよ？」

シオンは、すっかりアレクに声をかける機会を失ってしまった。

困り果てて、ふとお題の書かれている紙に目を落とすと、重大な見落としに気づいた。

「……あ」

シオンのお題は「好きな人」。異性、とは限定されていない。

結局、シオンは親友のユリーカをつれていった。

それで合格を貰ったのだが、顔を真っ赤にしているシオンを見てユリーカは首を傾げる。

「どうしたの？」

「ううん……何でもないよ」

シオンは苦笑しながら答え、深く息をつく。

（異性じゃなくてもよかったんだ……）

自分が焦っていただけかと思うと、虚《むな》しくなったシオンであった。


借り物競争から顔を真っ赤にして帰ってきたシオンを心配して、アレクが声をかけた。

「シオン、大丈夫？」

「う、うん。何でもないの」

「熱？」

シオンのおでこにアレクが手を当てる。

じんわりと体温を感じ、それがアレクのものであることを認識して思わず「ぴゃあっ！」と甲高《かんだか》い声を上げるシオン。慌てて、アレクから離れた。

「ほんと、いいからっ！」

「そ、そう……」

その焦りっぷりにアレクが少しショックを受けつつ頷くと、ユリーカに肩をポンと叩かれた。

「次、アレク君なんじゃない？」

「あっ、そうかも」

「気をつけろよ」

「わかってるよ、ライアン」

ちょっとした怒気を含むライアンの警告に、明るくアレクは答える。ここは勝負どころだ。

『次は、召喚獣と協力してのレースとなります！』

「よし！　サファ、リル、クリア！」

アレクの呼び声に応え、ユニコーンのサファ、フェンリルのリル、聖霊のクリアが駆けつける。

『親さま、がんばろー！』

「うんっ！」

無邪気に喜ぶサファに対して、リルは大きなため息をつく。

「……この私が人間の遊びに付き合うとは……威厳、なくなったな」

「威厳なんて、そもそもあったかしら？」

「ぐぅ」

クリアの言葉にダメージを受けたリルが俯《うつむ》く。

フェンリルとしての威厳を大切にしていたリルだが、昨年は学園祭の動物カフェにも出ている。

クリアに脅されて渋々参加したとはいえ、当日は満更《まんざら》でもないようだった。

「あれ、フェンリル⁉」

「聖霊だ……」

「ユニコーンまで！」

周りの生徒はアレクの召喚獣達を見てザワついている。

普段、アレクは目立つことを嫌っているのに、今は確実に注目を浴びていた。

クリアはアレクがこの状況を作り出したことを不思議に思い、質問する。

「目立っていいの？　アレクが学園にいることを知られると、ムーンオルト家に嫌がらせされるかもしれないから、隠れて過ごしてたんじゃあ……」

そう、いつものアレクなら絶対にしない行動だ。

追放されたとはいえ、アレクはムーンオルトの血族であることには変わりない。

両親やもう一人の兄であるサージュに見つかれば面倒なことになると踏んだアレクは、極力、目立たないことを意識してきた。

しかし、今日は特別だ。最後の体育祭となるレイル達のために委員会対抗戦で全力を尽くすことはもちろん、他の競技でも手を抜く気はなかった。

どうせ委員会対抗戦で目立ってしまうなら、他競技で注目を浴びても同じだと考えたのだ。

「今日はちょっと特別！」

「へぇ……」

クリアは今一つ腑《ふ》に落ちなかったが、出場者が位置についたことに気づいて表情を引き締めた。

『よーい、どん！』

放送係の合図で、生徒達が一斉にスタートを切る。

その様子をクラスの観客席で見ていたユリーカが、開始早々に何やら争っている二人組に気づいた。

「……ん？　あれ、リヴァ先輩とレイル先輩？」

リヴァは、ユリーカが所属する演劇委員会の先輩である。

何か因縁があるのか、性格が合わないのかはわからないが、リヴァとレイルは仲が悪く、周囲はよく手を焼いていた。

「おまっ！　邪魔するな！」

「そっちこそ近寄るな！」

並走しながら大喧嘩である。今日は敵同士という、争いの正当な理由があるため誰も止めない。

アレクも走りつつしばらく様子を見ていたが、ギャアギャアとわめき合う二人の進行方向にあるものに気がつき、思わず声を上げる。

「あっ、危ないっ！」

「「ん？」」

次の瞬間、リヴァとレイルは落とし穴に落ちた。

地面の一部分にだけ落ち葉や細い木々が置いてあり、見るからに怪しいにもかかわらず、二人は全く気づいていなかったようだ。

リヴァとレイルの召喚獣はどうすればいいのかわからず、穴の周囲でオロオロしている。

それを見てリルがぼそりとつぶやいた。

「あやつら、苦労しておるな」

「そ、そうかもね……」

「……遅い。アレク、乗れ」

「！　うん」

一度その場で立ち止まり、アレクはリルの背に乗る。

リルが横目でクリアとサファを見て、「ついてこられるか」と尋ねた。

「それくらい余裕」

『僕も！』

「ならいい。飛ばすぞ」

リルが物凄い勢いで走り出した。

アレクは振り落とされないために必死でしがみつき、風の抵抗を受けないように視線だけ上げて前を見る。

「あ、あれ！」

行く手には大木がそびえていた。幹はコース幅いっぱいくらいの太さで、学園の校舎より遥かに高い。学園長が満足げにしているところを見るに、きっと学園長の魔法で生み出したものだろう。

他の参加者達もそれを見てギョッとする。

「こんなのどうやって突破すればいいんだよ!?」

「ふざけんなっ！」

『はーい、ここで召喚獣と主の力が試されますねー』

能天気な放送係の解説を聞きながら、アレクはリルに叫ぶ。

「リル!?　このままだとぶつかるよ！」

『案ずるな』

その言葉とともに、サファが前に飛び出す。

「サファ!?」

『えーいっ！』

サファが一瞬で大きくなったかと思えば、ツノで大木を一刀両断した。

その様子を見ていた生徒達は、驚きのあまり動きを止める。

皆が呆然としている隙に、リルが飛び出し切り株を軽々と飛び越えた。

学園長は切られた木を見て楽しげに笑いつつ、その木が地面に到達する前に即座に魔法で消滅させた。

「さ、サファ凄い……」

『むぎゅ』

驚いたアレクがそう漏らすと、小さくなったサファが力尽きたようにクリアの腕に収まる。

「あれ？」

「疲れたみたいね」

クリアは微笑みながらサファの背を撫でた。

どうやらサファは力を使い果たしたようだ。まだ幼いので、あまり無茶はできないのだろう。

「先に行くわよ！」

「!?」

頭上から声が聞こえ、咄嗟《とっさ》にそちらに目を向ける。

アレクを追い抜かそうとする、大鷲《おおわし》の召喚獣――その背に乗っているのは、ユリーカの姉であるノエラだった。

それを見て、クリアがスッと目を細める。

「……させないわよ」

ふぅうーっ、とクリアがノエラの召喚獣に吐息を吹きかけると、大鷲の足がパキパキと音を立てて凍った。

「アギャーーーッ!?」

「ちょ、フェーリー、落ち着いてっ。あ……キャーーッ!」

自分の足が突如《とつじょ》凍りついたことに混乱した大鷲は、そのまま墜落《ついらく》した。

その様子を眺めていたアレクは、リルが急停止したため思わず落っこちそうになる。

「どっ、どうしたの!?」

「ゴールだぞ」

「はえ?」

気づけばもう、ゴールしていた。リルが鼻先にゴールテープを引っ掛けている。

「……一番?」

「そうみたいだな」

「やったわね、アレク」

『親さま、すごーい……』

自分のクラスから歓声が上がるのを聞いた。

アレクは嬉しくなり、召喚獣達に抱きつく。

「ありがとう！　サファ、クリア、リル！」

『どういたしまして！』

「これからも呼んでよね」

「この程度なら容易《たやす》いものだ」

誇らしげな笑みを浮かべつつ、アレクの召喚獣達はそのまま控え部屋に帰っていった。


その後、縄とび、綱引きと競技は進んだ。

ユリーカは事前に配られたパンフレットを見て、クラスのみんなに告げる。

「クラス単位の競技は次で終わりよ」

「えっ⁉　もう⁉」

「まあ、委員会と学年対抗があるからね」

そこで放送係の声が会話に割って入った。

『次は玉入れです。玉入れは、クラス全員参加になります。まずは初等部です。準備してください』

「うわっ、多……」

グラウンドに出たライアンが、その人数の多さに嫌そうな顔をする。

人混みが苦手なのだろうか。少し意外だな、とアレクは思った。

人の波を避けようとすると、地面に無造作に置かれた玉を踏んでしまいそうになる。

玉にはそれぞれ「A」「B」などのクラス名が記載してあり、網に自分のクラス名が書かれた玉を投げ入れるのだ。

『それでは……スタート！』

「アイスフィールドッ！」

スタートの号令がかけられた直後、学園長の声が響いたかと思えば地面が分厚い氷に覆われた。

生徒達は驚き、ツルツルとしたフィールドの上で滑って転ぶ者が続出する。

それを見ながら大笑いをする学園長。その隣には、頭を抱えるアリーシャの姿がある。

「にゃははははっ！」

「……学園長」

「ん？」

「楽しんでますね、めっちゃ」

「おおとも。楽しいぞ」

ニヤリと笑ってみせた学園長を見て、アリーシャは青ざめた。

この人は加減というものを知らないのか。

同じく学園長の隣で見物していた養護教諭のハンナが、焦ったようにその場で足踏みを始めたため、アリーシャは首を傾げた。

「どうしたの？」

「あわわわわ……きゅ、救急箱取りに行かないと」

「無理よ。今は治療できない」

ハンナは保健室を任されており、薬草の専門家で生徒の治療が仕事である。

目の前に怪我をしている生徒がいるというのに、氷のせいで救護ができないとは何とも歯がゆい。

これも全て、この悪戯《いたずら》好きな学園長のせいなのだが。

「なっ！　魔法でも溶けないいっ⁉」

生徒達は、どうにかして氷を割ったり溶かしたりできないかと努力するも、氷はビクともしない。

「わはははは！　私の魔法にっ、学生などが敵《かな》うわけなかろうが！」

「魔王……」

今度は聞こえないように、さらに小声でアリーシャはつぶやいた。

「こうなったら……」

「アレク君？」

アレクの様子が変わったので、近くにいたシオンが首を傾げる。

どうするつもりかと見ていると、アレクが魔力を大量に集め始めたのでギョッとした。

「あああアレク君！　そんな大きな魔法使ったら、壊れるのは氷だけじゃ済まないよ～っ！」

「……あ」

そこでアレクは思い出した。

大きな魔法を使えば、カラーリングの魔法が解ける可能性があるということを。

仕方なく、アレクは魔力を霧散させた。

「……ほっ」

横で安堵の息をつくシオン。

といっても、他に手段がないのは確かだ。

「ど、どうしよう……」

「う～ん……じゃあ、ライアンと協力しよう」

アレクは何かを思いついたらしい。

「ライアン君と？　でも、ライアン君どこにいるんだろ……」

「多分、あれだと思う」

アレクが指をさした先には、大きな火柱が上がっていた。

炎の魔法が得意なライアンのことだ、氷を溶かそうとしているのだろう。

アレクが火柱のほうに近づいていくと、案の定、ライアンがいた。

「ライアン、ちょっといい？」

「んあ？　アレクか！」

「協力してほしいんだ」

「おお！　何するんだ？」

ライアンに協力してもらえば、カラーリングが解けるほどの大魔法を使わずに済むだろうとは思ったが、具体的な方法までは考えていなかった。

しばし考えて、アレクはこんな提案をした。

「魔力を圧縮した炎を氷の中に入れて、爆発させるっていうのはどうかな」

「……よくわかんないけど、いいと思う！」

あまり深く考えることなく、ライアンは了承した。

アレクの魔法とライアンの魔法により、魔力の圧縮された小さな火種が生まれる。

「これをこう、組み合わせて……」

アレクとライアンの魔法が絡み合い、氷のもとへ下りていく。

直接炎が当たった僅《わず》かな部分だけ、氷が溶けた。それを慎重に、どんどん深く下ろす。

「ま、まだか？　俺、細かい作業は苦手なんだよ……」

「もうちょっと」

そして氷の真ん中の深さまで下ろし、アレクはライアンに「いいよ」と言った。

「よっしゃー！　やるぜ！」

そこでライアンの魔力が一気に放たれ、炎が爆発する。

ドォオオオオンッ！　という大きな音とともに、氷の全方面にヒビが入った。

「な、なんだなんだ⁉」

「玉が取れるようになったぞー！」

周りの生徒がこれに便乗して玉を拾い始める。

「やったねライアン！　……ライアン？」

「ご、ごめん。こんなに魔力使ったの久々で……ちょっと休憩」

「うん！　ありがとうねライアン！」

アレクはライアンに礼を言って、自分も玉を拾った。


「おっりゃあああああっ！」

「わわっ⁉　危ないってば！」

「ごめん！」

「一個も入らない～！」

氷が溶けて玉が取れるようにはなったが、生徒達は網に入れられずにいた。

それもそのはず、網がとんでもなく高い位置にあり、普通に投げても届かない。

ユリーカは思案した後、とある提案をする。

「これ……身体強化のスキルを使ってどうにかならないかしら」

「……！」

「それだそれだ！」

ユリーカの提案に周りが一斉に賛成し、早速試してみる。

生徒達は〈身体強化〉を使って高く飛び、網に玉を入れることに成功した。

「よっしゃあ！」

「いけるぞ！」

そんな生徒達の様子を、残念そうに見守る学園長。

「……入らないように工夫したのに」

「入らないようにしたんですか!?」

アリーシャの驚きの叫び声に「ああ……」と、心ここにあらずといった返事をする学園長。

これにはアリーシャも怒らずにはいられなかった。

「学園長！　教育者らしからぬ行動ですよ！　鬼畜ですか!?」

「知らん！　作っちゃったんだからもういいだろ！」

「あ、アリー先輩」

アリーシャが学園長と口論していると、遠慮がちに声をかけられた。

「ハンナ？」

「玉が色んな方向に……」

ハンナが指さす先には、生徒達の揉める姿があった。投げ入れる玉が勢いあまって他の生徒に激突し、それを受けた生徒が仕返しに玉を投げる。もはやクラス対抗の大喧嘩だ。

「いてぇよ‼　何すんだ‼」

「そっちが先に投げたんでしょ⁉」

「誰だ！　石投げてきた奴‼」

それを見て、学園長は口角を吊り上げる。

「ほほう、これはなかなか面白い展開に……」

「放送係！　ストップ！　ストップかけて！」

アリーシャの耳をつんざくほどの大声で、放送係は慌ててストップをかける。

『ここで出ましたストップです！　皆さん、落ち着いて！』

「このやろう！」

「やるのかっ⁉」

しかし、頭に血が上っている生徒達が放送係の指示を聞くわけがない。

被害を受けないように、温厚な生徒達は争いの場から離れる。

そのグループの中に入ったアレクは、先ほどまで突っ伏していたはずのライアンがいないことに気づいた。

「ライアン……何やってるの」

ライアンはいつの間にか喧嘩グループに入り、楽しそうに玉を投げている。

玉入れというより、もはや玉投げだ。

『ストップーーーっ！』

放送係の叫び声が虚しく響いた。


『えー、問題が起きましたので……初等部はクラスに与えられる賞品ナシです！』

「「「えええ～‼」」」

『文句を言うなら、早めに喧嘩をやめればよかったんですよ』

放送係の言葉に初等部の生徒達が不満を漏らすが、これには反論できない。

生徒達は、仕方なく引き下がった。

第三話　アレク、宝探しをする

その後、中等部、高等部と玉入れの競技が終わり、次は委員会ごとの勝負となる。

『次は、委員会対抗戦です。まだ委員会に所属していない生徒は待機してください。競技に参加する生徒は集合をお願いします』

初等部一年の生徒はまだ委員会に所属していないので、その場で待機である。

二年生のアレク達は、それぞれの委員会に分かれた。

『では、今回の競技の説明に移ります』

競技の内容が一番の問題だ。固唾《かたず》を呑んで待つ生徒達に、放送係は続けた。

『皆さんには、迷路に挑んでいただきます。競技開始の合図の後、すぐに学園長先生の魔法で迷路ができますので、それぞれの委員会で協力して旅行券を探してください。それをどこかにいる学園長先生に届けたらゴールです。ちなみに、迷路の中で得られるものの奪い合いはありですけど、怪我には充分気をつけてくださいねー』

一応、魔法研究委員会にも太刀打《たちう》ちはできそうな内容だ。

ほっとするアレクに、隣にいるヴィエラが声をかける。

「アレク君、頑張ろうね」

「ヴィエラちゃん……うん、頑張ろう！」

『それでは！　始め！』

放送係の声が響いたかと思えば、地面から木が恐ろしい勢いで伸びて、それぞれの委員会を別々に隔離した。

「これは……」

驚きを隠せないヴィエラに、レイルは目を見開きつつもすぐに気を取り直して説明する。

「僕が初等部の生徒だった時、こんな風に迷路をやったことがあるんだよね。運動場が滅茶苦茶に荒れて、終わった後の整備が大変なのに……何というか、さすが学園長先生」

「学園長先生はどれだけの魔力があるのでしょう……とても気になりますわ」

「木の魔法が得意みたいだから、学園長先生には簡単なのかもね。さあ、急ごう。優勝狙うなら誰よりも頑張らないと」

「れ、レイル先輩。優勝って……！」

どこか諦めた様子だったはずのレイルが、「優勝」を口にした。

そのことに感極まるアレクに、レイルは笑う。

「僕にとって……それに、ベッキーにとっても最後の体育祭だからね。楽しまないと」

「……っ、はい！」

こうしてアレク達の迷路競技は幕を開けた。


「う〜ん……にしても、宝箱か何かに入ってるのかな？　旅行券って」

アレクは眉根を寄せつつ、そうつぶやいた。

宝探しと言われても、ヒントは何もない。とにかくその何かを探すために、アレク達は歩き続ける。

開始から間もなく、早速ヴィエラが何かを発見した。

「……鳥が、パネルを咥《くわ》えてます」

「鳥？」

アレクがヴィエラの指さす方を見てみると、切り株の上に小鳥がちょこんととまっていた。

普通の小鳥なら怯《おび》えてすぐに逃げるはずだが、その小鳥はじっ……とヴィエラを見上げている。

アレクはその黄色い羽毛を見て、「あ」と声を上げた。

「この子、アリーシャ先生の召喚獣だ」

「えっ？」

「ピッ、ピルルル……ピッピッ！」

アリーシャの召喚獣である小鳥――レモンが、ぐいぐいとアレクにパネルを押しつける。

小さなパネルで掴みにくく、焦ってしまったこともあって落としそうになった。

「こ、これ、貰っていいの？」

「ピュルッ！」

アレクが受け取ったことを確認し、レモンは勢いよく羽ばたいていった。

レイルがそのパネルを横から覗《のぞ》き込む。

「えーっと、『かの宝、とある木陰《こかげ》に隠れし』だって」

「そのパネルにはどうやらヒントが載っているみたいですわね。木陰……って、木が多すぎてわかりませんわ」

とにかく、どこかの木の近くに隠れていることはわかったが、周りは木々ばかりでどこを探せばいいのかわからない。

「……きっと、これはパネルを集めて宝探しをする競技なんだな」

「じゃあ召喚獣を探しましょう！　アリーシャ先生の召喚獣がパネルをくれたわけですし……他にもパネルを持っている召喚獣がいるはずです！」

アレク達はそれから、召喚獣を探し回った。

そこそこの数のパネルが集まったところで、一旦、ヒントを整理することにする。

『窪《くぼ》みに隠れしもの』って、ヒントになってなくない？　何の窪みなのかがまずわからないな」

「ヒントに何か繋がりがあるのでしょうが……わかりにくいものばかりですね」

落胆するレイルとレベッカの言葉通り、漠然とした内容のヒントが多い。

「確実に示されているのはこれだけです」

ヴィエラが一枚のパネルを手に取り、それを読み上げる。

「『北から四番目の木に宝はある』ですって。といっても、北まで行かなきゃわからないですね」

迷路がだんだん広くなっていく錯覚を覚えながら、ヴィエラはため息をつく。

その時、複数の足音が近づいてきていることにレベッカが気づいた。

「……誰か来ますわね」

「あーっ！　魔法研究委員会っ!!」

「げっ、情報配信委員会……」

レイルがこぼした情報配信委員会とは、新聞を作って各教室に届けている委員会だ。

他の委員会に比べて所属する人数が多いため、宝探しでは有利だろう。

アレクはそう考えたところで、情報配信委員会の先頭にいる眼鏡《めがね》をかけた男子生徒が、パネルを持っていることに気づく。

「……あっ、パネル」

思わず口に出すと、眼鏡の男子生徒はアレク達のパネルに目を留めた。

「下手な潰し合いはしたくない。大人しくパネルを渡してくれないか」

「嫌ですわ」

レベッカが即答すると、眼鏡の男子生徒は続ける。

「この人数差で勝ち目があるとでも？」

「あるかもしれない……ですわ」

「……ん？」

そこで眼鏡の男子生徒は何かに気づいたらしく、レベッカに急接近した。

困惑するレベッカを、男子生徒はじろじろと見る。

「な、何ですの⁉」

「……あなたは、レベッカさんじゃないですか。前からマウロス家の取材、したかったんですよ」

「お断りします！　お話しすることなど何もございませんわ！」

はっきりと拒絶され、眼鏡の男子生徒は、今度は脇にいたアレクに目をつけた。

「君は、アレク・サルト君だね？　君のお兄さんやお姉さんには秘密が多い。ぜひ取材を……」

「む、無理です！」

レイルの後ろに隠れようとしたが、その前に眼鏡の男子生徒にがっちりと手を握られてしまう。

じっと見据える視線が鋭く、落ち着いた口調ではあるが、静かに燃える熱意が怖い。

隠さなければいけないことまで喋《しゃべ》ってしまいそうだ。

どうしよう、と思ったその時。


バキィッ！


「へ」

木をなぎ倒してやってきたその人物は、眼鏡の男子生徒の腕をがっしりと掴む。

「……忠告だ。その手を放せ、今すぐに。でないとへし折るぞ、この野郎」

「にっ、兄様っ？　それに、姉様？」

状況をややこしくしそうな、アレクの兄と姉が現れた。

◆　◆　◆

時はおよそ五分前まで遡《さかのぼ》る。

この競技にはもちろん生徒会も参加するので、ガディやエルルも参加せざるをえなかった。

生徒会長のリリーナは、急に木々が現れ他の委員会と隔離されたことに驚きはしたものの、冷静に指示を出す。

「みんな、宝は絶対どこかにあって、手がかりだってあるはずよ。手分けして探しましょう」

「はい！」

「わかりました、会長！」

生徒会メンバーは素早くその場を離れる——唯一の例外である、二人を除いて。

「あなた達！　何やってるの!?」

木々の陰で蹲《うずくま》り、コソコソと何かをしている双子にリリーナは怒声を上げた。

よく見てみると、ガディとエルルはパン食い競争でくすねたパンを分け合っているようだ。

二人はパンを食べながら、なぜか偉そうな呆れ顔でリリーナを睨む。

「何って……見てわからないか？」

「今やることじゃないでしょ！」

ガディの言葉に、リリーナは即座に言い返した。

「学園って、こういうところにお金を使ってくれるのね。美味しいわ。でも、ほとんどのパンは燃え尽きてしまったからもったいないわね」

炎のパン食い競争を楽しめるのは、規格外なＳＳＳランク冒険者の二人だけだろう。

パン食い競争に出たのはガディだったが、炎が全てのコースを包みきる前に普通に走ってパンを掴み、余裕でゴールしたのは見ものであった。

しかも、スキルも魔法も使わず、自身の身体能力のみでそれを成し遂げたのである。

リリーナもそのことには驚いたが、今はパンなど食べないでほしい。

こめかみを押さえつつ、どこか演技がかった口調で話す。

「そうね。私、学習したわ。あなた達に何を言っても無駄。アレク君の言うことしか聞かないって」

「よくわかってるじゃないか」

「……アレク君を探さなくていいの？」

「「ム？」」

パンをちぎる二人の手が不意に止まる。

リリーナの一言で、ガディとエルルの妄想が一気に広がった。

もしかしたら、アレクは迷子になっているかもしれない。

自分達の名前を呼んで、泣いているかもしれない。

おかしな連中に絡まれて、助けを求めているかもしれない。

――行かねば。

先ほどまでのサボりがまるで嘘であったかのように、二人はスクッと立ち上がる。

「探すわよ」

「おう」

「……ちょろい」

ガディとエルルの扱いに慣れてきたリリーナは、フフンと鼻で笑った。

しかし、その余裕の笑みは一気に消え失せることとなる。

ピクッとガディが何かに反応して、恐ろしい勢いで振り返った。

リリーナは驚き、その剣幕にゾッとする。

「ど……どうしたの？」

「アレクの、声が聞こえた」

「え？」

アレクの声など、リリーナの耳には全く聞こえていない。

ガディの言葉に反応して、ガディが向いた方角へエルルがスキル〔探知〕を発動する。

「いたわ。このまま真っ直ぐよ。……誰かに囲まれてる？」

「急ぐぞ」

「えっ？」


ボヒュンッ！


風を切る音とともに、二人は姿を消した。

「…………ん？」

残されたリリーナは目の前の光景を信じられず、思わず自分の目を擦《こす》る。

先ほどまで二人が見つめていた方向に目を向ければ、そこには無残になぎ倒された木々の残骸があった。

ガディとエルルは、邪魔な木々を倒しながらアレクのいる場所まで最短距離で向かったのだ。

リリーナは、しばらく呆然と見つめる。

間一髪で避けたであろう教師の召喚獣達が涙目で震えているのに気づき、魂が抜けそうになった。

しかし、そこはさすが生徒会長でしっかり者のリリーナ。気を取り直し、生徒会のメンバーに号令をかける。

「ぜっ、全員集合！　急いで追いかけるわよ！　ついでにパネルを回収！」

「!?」

「追いかけるって、何をですか⁉」

「あのトンチンカンどもよ！」

「……またですか」

何であの二人は生徒会に入れたんだ、と不思議に思うメンバー達。

ガディとエルルは生徒会に望んで入ったわけではなく、学園長に強引に入れられただけなので、真面目に仕事をしない。生徒会メンバーはそのせいで二人に振り回される羽目《はめ》となった。

頭痛と胃痛に耐えて、リリーナはガディとエルルの後を追いかけた。

◆　◆　◆

――ここまで怒る必要ある？

アレクは、ガディとエルルの怒気を目の当たりにしてそう思った。

視線だけで射殺しそうな、物凄い殺気である。

眼鏡の男子生徒の背後にいる情報配信委員会のメンバー達は涙目だ。

確かにアレクは困ってはいたが、そこまで乱暴なことはされていないので、何だか男子生徒がいたたまれなくなってくる。

一方、魔法研究委員会の面々は、突然ガディとエルルが現れたことに呆然としていた。

「何が、どうなってる……？」

「わかりませんわ。とりあえず、怖いです」

「アレク君のお兄さんとお姉さんだよね……？」

しかし、ガディとエルルに睨まれながらも、眼鏡の男子生徒はアレクの手を放さない。

これにエルルは声を低くした。

「早く放しなさい。今なら許してあげるわ」

「取材の本命が来た……」

「は？」

男子生徒がぽつりとこぼした声を聞き取れず、エルルは顔をしかめる。

「ぜひぜひ取材をっ！」

「ば、バカですか委員長っ!!」

後ろにいる情報配信委員会の一人が、眼鏡の男子生徒に向かって叫んだ。彼に反論する隙を与えることなく続ける。

「急いで逃げなきゃ、どう見ても痛い目に遭《あ》いますよっ！」

「いっ、いいんちょおおおおっ！」

「僕らを巻き込まないでください！　取材するなら一人で勝手にしてっ！」

情報配信委員会のメンバーから、次々と声が上がる。

エルルは呆れつつも、メンバー達に視線を向けて告げる。

「……早くこいつを連れていきなさい」

「わっ、わかりましたから！　今すぐこのアホを連れて行きます！」

「パネル、置いてけ」

「喜んでっ!!」

情報配信委員会の面々は一人不満げな眼鏡の男子生徒を猛烈に無視し、ガディの指示に従い数枚のパネルを置いて急いで走り去っていった。

「……さて、と。大丈夫？　アレク」

頭を優しく撫でてくれるエルルを見て、アレクは頷く。

「ちょっと可哀想《かわいそう》だったね」

そうポツリとつぶやくと、ガディとエルルは首を横に振った。

「全く可哀想じゃない」

「そうよ。あっちが悪いんだわ」

「……恐ろしいものを見た」

基本的には味方とわかっていても、状況によっては敵となりうる二人に、レイルは冷や汗をかく。

そこに、リリーナの声が聞こえてきた。

「勝手に行かないでっ！　ていうかどんだけ速いのよ！」

「生徒会長ですわ」

「リリ姉《ねえ》！」

レベッカとアレクが声の聞こえてきた方を振り向くと、リリーナの後ろでは、ガディとエルルを必死で追ってきた生徒会メンバーがぐったりと倒れ伏していた。一番の被害者は、彼らかもしれない。

すると、ガディはリリーナの持つヒントのパネルを乱暴に奪い、エルルが拾った情報配信委員会のパネルと合わせてアレクに差し出した。

「え？　兄様、姉様、いいの？」

「ああ。貰ってくれ。旅行券が手に入らなくても、休みを取って一緒に旅行に行こう」

「頑張ってね」

リリーナは慌てて抗議する。

「ちょっ！　なに勝手に渡してるの⁉」

「……ああ？」」

「何でもないわ！」

双子の迫力に負けて、リリーナは目を合わせないようにした。

予想外の事態ではあったが、アレク達は譲ってもらったパネルを並べ、それらを読み始める。

魔法研究委員会の真剣そうな表情にリリーナは脱力して、くるりとアレクに背を向けた。

「私達、もう行くわ……じゃあね、アレク君……」

「うん！　リリ姉も、兄様も姉様もありがとう！」

「ああ、癒しがたくましくなっちゃって……」

リリーナにとって、アレクは癒しの存在だ。

それは今も変わらないが、入学当初に比べておどおどした様子はなくなり、快活になっている。

アレクの成長を感じつつ、リリーナは生徒会のメンバーとともにその場を立ち去った。

リリーナ達がいなくなった直後、レベッカが一枚のパネルを片手に口を開いた。

「『東から十番目の木』と書いてありますわ。他のヒントと合わせれば……場所がわかりましたわよ」

これで手がかりが揃ったか、とアレク達はパネルの指し示す場所に向かった。


「この木だ……宝はどこにあるんだろう」

レイルは木の幹を触りつつ、周囲を見て回る。

パネルに記された通りの木を見つけたアレク達だったが、どこにあるかはわからない。

そこでアレクは、改めて先ほどのパネルの内容を思い出す。

「レイル先輩。確か、窪みにあるんじゃなかったですか？」

「……そうだった」

木の窪みを探してみると、そこには旅行券が放り込んであった。

まさかそのまま投げ込まれているとは思わず、レイルは戸惑いつつも旅行券を抜き取る。

「よし。あとはこれをどこかにいる学園長先生に渡せば……」

「その券、我らがいただくっ!!」

「わっ!?」

木の陰から何者かが物凄いスピードで現れ、レイルの旅行券を掠《かす》め取った。

突然のことで対処しきれなかったレイルは、その背中を見送ることしかできない。

レベッカは旅行券を奪っていった人物に見覚えがあったらしく、レイルに声をかける。

「体育委員会の委員長ですわ。奪われましたわね」

「どうしよう……」

このままではマズい。体育委員会は、運動神経がよいメンバーばかりである。

全力で逃げられれば、魔法研究委員会などが追いつけるはずがない。

――ただ一人を除いて。

「僕、先に追いかけます！」

そう言って地面を蹴《け》ったアレクを、レイル達は止めることなく送り出す。

「うん、わかった！」

「頑張ってくださいませ」

「私達も追いかけるから！」

アレクの能力は桁外れだ。それはこれまでの委員会活動を通して、よく理解している。

レイル達はアレクの後を追い、急いで走り出した。

◆　◆　◆

一方、旅行券を奪い取った体育委員会のメンバー達は、学園長を探していた。

委員長は旅行券片手に豪快に笑ってみせる。

「しかし、旅行券を手に入れたのが魔法研究委員会でよかったな。他の委員会だったら人数が多くて手に入れにくかったかもしれない」

「そうですね～」

ハハハ、と暢気《のんき》に笑い合うメンバー達に、ライアンは声を潜《ひそ》めて言った。

「あの……先輩。多分、魔法研究委員会は一番見くびっちゃいけない相手だと思います。見つかるとやばいっスよ」

ライアンの一言に、メンバー達は首を傾げる。

魔法研究委員会は、魔法を研究してその内容を発表するという活動をしているが、たいした成果がなく、随分と長い間、学園の中でお荷物扱いされてきた。

最近、万病に効くカプセルを開発して瞬《また》く間に有名になったが、それは今回の体育祭とは関係ない。

「どうしてだ？　魔法研究委員会は一番人数が少ないし、研究ばっかしている連中だぞ」

「そこに騙《だま》されちゃいけないんです。だって、魔法研究委員会には……」

ライアンの言葉を遮るように、風を切る音がした。


ヒュッ！


それと同時に聞こえてくる、少年の声。

「すみません。これ、返してもらいますね」

「……………えっ？」

すでに、委員長の手から旅行券は消え失せていた。

突然現れた金髪の少年――アレクが、旅行券を奪い返したのだ。

委員長の後ろで、ライアンが「やっぱり」とつぶやく。魔法研究委員会は、こういうところが侮《あなど》れない。

ライアンに気がつき、アレクはにこーっと笑いかけた。

「これは僕が貰ってくよ」

「させる、かっ！」

ライアンが飛びかかろうとするも、アレクはひらりとかわして駆け出した。

突然の出来事で、体育委員会のメンバーは状況が呑み込めない。

すでにアレクの姿は木々の中に消えてしまっている。

「くっそー、はえぇ」

「おい、ライアン。知り合いか？」

くやしがるライアンに、体育委員長が声をかけた。

「あっ、そうっス。あいつは俺の友達のアレクっス」

「「アレクッ⁉」」

アレクの名前を聞いた瞬間、メンバー達の目の色が変わった。

その勢いに若干引きつつ、ライアンは尋ねる。

「ど、どうしたんスか？」

「アレクって……アレク・サルトか？」

「そ、そうっス」

「アレク・サルトって、あの銀髪の双子の弟⁉」

「え、はい。そうっス」

ライアンが質問に答えると、皆の目がキラキラと輝きだす。

「確かに似てたなぁ！　エルル様にそっくりだ！」

「いいえ、ガディ様に似てるわよ！」

口々にアレクや双子を称賛する先輩達だが、ライアンは状況についていけず首を傾げる。

「……あれ？　今、何が起こってる？」

実は体育委員会メンバーのほどんどが双子のファンクラブに入っていたことを、後日知るライアンであった。

◆　◆　◆

「レイル先輩！　取り返してきました！」

「ようし！　でかしたアレク君！」

満面の笑みを浮かべて戻ってきたアレクに、レイルがガッツポーズをする。

優勝にかなり近づいた。このまま行けば勝てる。

そう思った時、他の委員会が押し寄せてきた。

「その旅行券、私達がいただくわーーーーっ!!」

「俺達が貰ったぁーーーーっ!!」

「キャアッ!?」

たった四人の魔法研究委員会は、百数十人の他の委員会メンバーに圧倒されてしまった。

思わず逃げ出したアレク達に、必死で他の委員会が呼びかける。

「さあ、渡せ！」

「私達に骨休めを！」

「なっ、何か言ってることが年寄りくさいっ！」

追手の迫力に引きつつ、全力で逃げるアレク達。

そんな彼らを助けるために、ガディとエルルが立ち塞がった。

「貴様等！　アレクに触れるなっ！」

突然現れた二人に、追手達は足を止める。

「わわっ！　双子だぞ！」

「ガディ様ーーーーっ!!」

「エルル様ーーーーっ!!」

双子の登場に恐怖する者と、二人に熱狂するファンの声とが入り交じる。

何だか、状況がおかしくなってきた。

ガディとエルルに近づこうとするファン、旅行券を奪おうと追いかける者達、アレクに近づこうとする者を投げ飛ばす双子と、場は混乱に包まれた。

アレク達はガディとエルルに感謝しつつ、逃亡を続ける。

「あっ!?　待てっ！」

アレク達が立ち去るのを見て、男子生徒の一人が手を伸ばすが、すぐさまガディに腕を掴まれる。

「触れるなと言っただろう！」

「触れてないですっ!!　あ、ちょ、やめてっ!?」

アレクは何だか可哀想な人の断末魔の叫びが聞こえたような気がしたが、聞かなかったことにした。

◆　◆　◆

「なるほどなるほど。旅行券を持ってきたのは君らか、魔法研究委員会」

「はい。学園長先生……ですよね？」

「うむ！　そうだ！」

実は、学園長はガディとエルルが現れた場所からそう離れていないところにいたのだが、アレク達は気づかず、探し続けてかなりの時間が経った。

満足そうに胸を張る少女姿の学園長を見ながら、アレク達は苦笑いする。

学園長の横に立つアリーシャは、大きく息をついて声をかけた。

「あの、学園長？　もうそろそろ終わりにしませんか？」

「ん？　ああ！　そうだな！　今回は、魔法研究委員会の勝ちだ」

パチンと学園長が指を鳴らすと、所狭しと並んでいた木々がズズズ……と音を立てて地中に引っ込んだ。

しかし、地面には大量の穴が残されており、元の運動場は見る影もない。

アリーシャは、はあぁ……と盛大にため息をつくと、学園長に恨みの籠《こ》もった目を向ける。

「あのですね、学園長……」

「何よ」

「配慮って言葉、知ってます？」

「知っとる」

「……この穴ぼこを埋めるのは、誰だと思ってるんですか？」

「さぁ」

「「私達ですよっ‼」」

後ろにいたハンナの声と、アリーシャの声が重なった。

とうとう学園長の悪行に耐えきれなくなった教師二人が、ブツブツと愚痴《ぐち》をこぼし始める。

「毎回毎回そうです！　私達教師が全て後片付け！」

「オマケに今回も学年ごとの競技ナシ！」

「「えっ⁉」」

アレクとヴィエラが驚きの声を上げたものの、レイルとレベッカはどこか遠い目をしていた。

体育祭を経験済みの二人は、この事態を予想していたのだろう。

「ですから、もうちょっと加減をですね……」

「私達がっ、どれだけの後始末をしていると思ってるんですか？」

その後も、アリーシャとハンナの愚痴と抗議は続く。

「くどくどくどくど……」

「……帰るっ！」

「「えっ!?」」

学園長が瞬間移動の魔法でその場から消えてしまった。

アリーシャとハンナは突然の出来事に驚いたものの、逃亡した学園長へ怒りの叫びを上げた。

第四話　アレク、水の精霊に会う

――体育祭が終わった次の日。運動場が酷いこととなったため、学園は休みになった。

噂では、教師達に魔法の使用を禁止された学園長が、泣きそうになりながら運動場を元の状態に戻す姿が目撃されたという。

アレクは寮の同室のリリーナとティールとお菓子を食べながら過ごしていたが、突然、ガディとエルルがそこに乱入した。

「「アレクっ!!」」

ドンッ！　と勢いよく開いたドアを呆然と見つめ、リリーナとティールは双子の姿を確認して、はぁ、とため息をついた。

今度は何なのだ、と。

いつものことなので慣れてはいるものの、本音を言えばノックぐらいしてほしい。双子がこうして部屋に入れるのはアレクが合鍵を渡しているせいだが、それを責めるわけにはいかない。

ガディとエルルは普段なら顔を見に来る程度なのに、今日は珍しく慌てている。

アレクはその二人の様子を見て、ただならぬ予感がした。

「兄様？　姉様？　どうしたの？」

「わ、忘れてたんだ」

「荷物まとめて。行くわよ」

「どこに？」

「ウンディーネのところだ」

「ウンディーネ……？」

アレクは「ウンディーネ」という存在を知らないが、実は幼い頃から縁がある。

水の精霊ウンディーネはアレクを天使と慕《した》い、これまで何度も手に入れようとしてきた。

そのたびにガディとエルルは阻止してきたのだが、そんなウンディーネにアレクが助けられたこともあった。

昨年度の校外学習で、アレクが川に落ちてルフィーネ王国の事件に巻き込まれた時に、ガディとエルルはアレク救出のため、ウンディーネに手を貸してもらったのだ。

その際、ウンディーネにアレクと会わせるという約束をしていた。

今まですっかり忘れていたが、約束を破れば祟《たた》られそうな気がする。

「どこに行くのよ」

リリーナが訝《いぶか》しんでそう聞くと、エルルが適当に答える。

「遠いところよ」

「一日で帰ってこられるんでしょうね」

「……多分」

多分、というのがかなり怪しいところだ。

止めようとしたリリーナだったが、二人はアレクを連れてさっさと出て行ってしまった。

「どこ行くってのよ……」

「まあ、いいんじゃない？　どうにかなるって」

ティールはそう暢気に言って、お菓子を摘《つま》んでいた。

◆　◆　◆

「ええ⁉　ティーガさんの家の近くに⁉」

ガディとエルルに行き先を告げられたアレクは、驚きのあまり声を上げた。

「そうだ」

ティーガは校外学習の時にお世話になった男性で、ルフィーネ王国の近くにある山の中に住んでいる。馬車で丸一日はかかる距離だ。

「そんなすぐに行けるところじゃないよ？」

「だから、あいつを利用するのよ」

「あいつ？」

アレクはエルルの言葉に首を傾げつつも、二人の後についていく。

たどり着いたのは、運動場だった。

そこには鬼の形相《ぎょうそう》をしたアリーシャと、運動場を修復している老人姿の学園長がいた。

「ひ、ひぃ。老体に何ちゅうことを」

「学園長が昨日、はっちゃけたせいです。責任をとって、しっかりとやってください。ズルしないように見張ってますから」

事情を知らない人が見れば、老人虐待である。

そんな危うい現場にガディとエルルは躊躇《ためら》うことなく飛び込む。

「おい、学園長」

「あ、ああ……君達か。儂《わし》、今忙し……」

「瞬間移動で行ってほしい場所があるのだけど」

「よし力を貸そう」

学園長はサボれるとわかった途端に目の色を変え、いい笑顔で二人に言った。

アリーシャがそれを見て怒鳴る。

「学園長！　逃げるつもりですか！」

「とんでもない！　生徒の願いを叶えるのは教師としての義務じゃないかーっ！」

「ひと欠片《かけら》の善意も感じませんから！」

突っ込みを入れるアリーシャを無視して、学園長はガディとエルルに尋ねる。

「で？　どこに行く？」

「……ルフィーネの跡地」

「はえ？」

目的地を知った学園長は、不思議そうな顔をした。

「今さら何でそんなところに……おまけに、アレク君も行くんだろう？」

「あ、はい」

アレクも事情はわからないものの、とりあえず頷く。

「まあ、儂はどうだっていいんじゃがな」

「ウンディーネに会うんだよ」

「う、ウンディーネに……？」

急にウンディーネに会う、と言い出したガディに、学園長は今度こそ信じられないという顔をした。

「あ、あの精霊、会うだけ面倒だぞ？　やめておいたほうが……」

「行く」

「ま、まあ、いいが」

腑に落ちない点はあるものの、運動場の修復をサボれるなら文句はない。

何より、ガディとエルルの早くしろという圧がすさまじかった。

「学園長!?」

「アリーシャ君すまない！　用事ができた！」

「逃しませ……っ、あーっ！」

学園長が瞬間移動でアレク達とともに姿を消し、アリーシャは絶叫した。

◆　◆　◆

ウンディーネが棲《す》んでいるという場所に瞬間移動し、アレクは川を見つめた。

橋は今も壊れたままで、もう向こう岸には渡れなくなっている。

アレクがそれを少し申し訳なく思っていると、ガディとエルルが川に向かって声を張り上げた。

「おい、ウンディーネ」

「約束を果たしに来たわよ」

その声に反応して川がさざめき、ザブンッという音を立てて、水が女性の姿を形成していった。

陶器のように白い肌。海ほどに深い青の髪と瞳。足を隠すほど長い、真っ白なワンピース。

彫刻のごとき美貌《びぼう》をもつウンディーネが、すぅっと流れるような動きでアレクの目の前に降り立った。

「「!」」

「…………」

それを見てガディとエルルは、アレクを連れ去られまいと警戒するような動きを見せた。

脇に立つ学園長も、緊張で顔を強張《こわば》らせる。

しかしアレクは怖がることなく、静かにウンディーネと見つめ合っていた。

ウンディーネは穏やかに笑ってアレクに手を伸ばす。

『……ああ、よく顔を見せて』

「君が、ウンディーネ?」

アレクがそう聞くと、ゆっくりと頷くウンディーネ。

それを見てアレクはニコリと微笑んだ。

「はじめまして、ウンディーネ。僕はアレクだよ」

『……』

その挨拶に、ウンディーネは複雑そうな顔をした。

しかしそれは一瞬のことで、すぐに笑顔に戻る。

『はじめまして。私はウンディーネ。あなたにずっと、会いたかったわ』

「君は僕を知ってるの？」

『ええ。前から……うんと昔から』

ぐい、とアレクの体が後ろに引かれた。

驚いたアレクが振り向くと、双子がアレクの手を掴んでウンディーネを睨んでいる。

「……お前には前科がある。信用できない」

『信用なんて、してもらわなくて結構。私だってあなた達など信用していない』

「約束は果たしたわ。帰ってもいいかしら？」

『早すぎるわよ』

ふと、ウンディーネは学園長の存在に気がついた。

『あなた……変な人ね』

「おや。変、とは」

『ごちゃごちゃしてる。何かが複雑に絡み合っているような感じ』

「……そうか」

学園長は何か思い当たる節《ふし》があるのか、そっと視線を逸らした。

「あ、あの！」

アレクは学園長の様子が少し変わったことには気づかず、ウンディーネに声をかけた。

「何で僕にずっと会いたかったの？　僕、君のことをよく知らない。どこかで会ってたりする？」

その質問には、ガディとエルルが答えた。

「……アレク。こいつとは小さい頃に何度か会ってるぞ」

「そうなの!?」

「気づいてなかっただけよ」

幼い頃、何度もアレクを連れ去ろうとしたウンディーネに殺意を覚えつつ、ガディとエルルは唸《うな》るようにそう言った。

ウンディーネは少し言い淀《よど》んだ後、アレクに『耳を貸して』と頼んだ。

『――――』

アレクがウンディーネに近寄ると、彼女は口を開いた。

「……え？」

何か言っていることはわかるのだが、アレクにはよく聞こえない。

『やっぱり、聞き取れないいか』

ウンディーネは落胆の表情を見せた。

「おい。何を吹き込んだんだ」

突然、大事な弟へ耳打ちされて不満げな双子に、ウンディーネは冷静に答える。

『何も。今のこの子には、資格がないみたい』

「資格？」

『全てを知る資格』

よくわからない言葉を羅列《られつ》するウンディーネに対し、どんどん不信感を募《つの》らせる二人。

ウンディーネはフッと嘲笑《ちょうしょう》した。

『天使の存在も知らないくせに、よくこの子を守れると思うわね』

「――!!」

「なぜ、それを」

驚いたのは、アレクと学園長だった。

天使。

大昔に存在したと言われる、人類を救った者。

人間の中では、ごく僅かな者しか知らない事実だ。

「天使……？」

「どういうことなの？」

ウンディーネは戸惑うガディとエルルを鼻で笑い、学園長に視線を向ける。

『……あなた。話したら？』

ウンディーネが問いかけた。

ガディとエルルも、何かを隠しているらしい学園長を睨んでいる。

――これ以上隠すのは無理だ。

それぞれの種族の王と、それに近しい者にしか知られていない事実だが、アレクを大事に思っているガディとエルルには話しても問題ないだろう。

むしろ、アレクを守るために全力を尽くすのだから、伝えておいたほうがよいかもしれない。

そう考えた学園長は、静かに告げる。

「……わかった。二人には、話しておこう」

学園長は覚悟を決めて、その伝説を話し出した。


「……と、いうわけだ」

かつて、絶大な力を持つ天使が地上最大の危機を救ったこと。

その天使は、この世界に生きる者には現れることのない、紫の髪と瞳をしていたこと。

同じ特徴を持つ例外の人物がこれまでに二人だけいて、一人はムーンオルト家の英雄、エルミア・ムーンオルト、もう一人はアレクであるということ。

学園長がこれらを全て語り終わった後、アレクは不安を抑えられなかった。

大好きな兄と姉に、異質だ、気味が悪いと言われたらどうしよう。

両親と同じく、自分のことを嫌うかもしれない。離れていってしまったらどうしよう。

二人がそんなことするわけないとわかっていても、頭の中で不安がぐるぐると回り続ける。

「……要約すれば、アレクは凄いってことね」

ポツリと、エルルがつぶやいた。

その言葉にアレクはポカンとしてしまう。

ガディもフム、と頷き「そうだな」と同意する。

「アレク」

「うえっ⁉」

突然ガディに抱きしめられ、驚いて声を上げてしまった。

「お前はその髪と瞳を誇りに思え。伝説の天使と同じ色だぞ」

「まあ、そんなの関係なしにアレクは可愛い弟よ」

二人はいつも通りに、くしゃりとアレクの頭を撫でる。

その手の温《ぬく》もりを感じて、どっと安堵が押し寄せた。

よかった。触れてもらえた。

撫でてもらえた。

不安と緊張の糸が切れて、その場に座り込みそうになった。

『……人間がそんなこと言うなんて、皮肉なものね』

ウンディーネは不満げにそうつぶやいたが、三人は全く気にしていない。

そこで学園長がウンディーネに話しかけた。

「ウンディーネとやら」

『……なに？』

「他の精霊も、アレク君のことは知っているのか？」

『自分で聞けばいいじゃない』

「ただの確認だよ」

『……もちろん知ってるわ。あのエルミアの子孫ですもの』

「エルミア様？」

それに反応したのはアレクだった。

エルミアといえば、ムーンオルト家が英雄家となるきっかけを作った女騎士である。

といっても、アレクはエルミアのことをよく知らない。

「エルミア様のこと、知ってるの？」

『ええ。知っているわ』

「お、教えて！　エルミア様って、僕と同じ紫の髪と瞳をしてたんでしょ？　知りたいんだ！」

『……いいわよ』

ウンディーネは了承し、思い出を懐かしむように目尻を下げた。

『エルミアは……勇《いさ》ましい女騎士だった。彼女の美しさはどんな者でも魅了し、その強さに皆引きつけられた。素敵な、人だった。でも……やっぱり、紫の髪と瞳は周囲から浮いていた』

自分と、同じ。

そう思い、アレクはギュッと拳を握りしめる。この先を聞くのが少し怖かった。

『けれど、彼女はそんな境遇に屈することはなかった。自分の力で、自《みずか》らの居場所を掴み取っていた。彼女は彼女で、生きることに必死だったの。あの頃は今みたいに、平和というわけではなかったから』

「……」

アレクは黙って耳を傾ける。

『昔は魔法を使える人間が少なかったので、そのことでも目立っていたわね。エルミアはあなたと同じ……いえ、それ以上の魔力を持っていたから。まあ、私が言えるのはこれくらいよ』

「わかった。ありがとう、ウンディーネ」

少なくとも、エルミアはアレクと同じく苦労したらしい。

かの英雄も人なのだ。悩んだり、必死に居場所を作ろうとしたりしたのも、当たり前といえる。

少しとはいえエルミアのことを知れたので、アレクはウンディーネに感謝した。

ウンディーネもアレクと話せて満足したらしく、帰り際に引き止めようとはしなかった。

学園長に再び瞬間移動の魔法を使ってもらい、アレク達はそのまま英雄学園の寮に帰った。

◆　◆　◆

「……あれ？」

ぱちん、とまばたきをして、アレクは辺りを見回した。

確か布団に入って、そのまま寝たはず。と、いうことは。

「夢か……」

また、いつもの夢の中のようだ。真っ白な空間がどこまでも続いている。

「やあ、また会ったね」

「君は……」

黒い靄《もや》のようなものが、ズズ、と音を立てて近づいてきた。

久しぶりに見るその姿に、アレクは目をしばたたかせる。

「君……何か、靄の色が薄くなった？」

「あれ？　そう見える？　なら、君が真実に近づいているんだろう」

嬉しそうにうごめく靄に、「なにそれ」と笑うアレク。

「いやあ、ルフィーネの時は大変だったね。僕がいろいろ言わなかったのが悪いんだろうけど……」

「え？」

「……いいや、何でもないよ。それより、どうだい？　人間に何か悪いことをされてないかい？」

靄の言葉にアレクは引っ掛かりを覚える。

確か、以前に会った時にも人間を信用できないと言っていた。

「人間人間って、そもそも僕も人間だよ。何も悪いことなんかされてない」

「……そうか」

「そうだよ」

どうしてか、靄が満足そうに見えた。

といっても、実際何を感じているのかはわからないので、アレクは首を傾げる。

すると今度はアレクに忠告してくる。

「幻のルフィーネだったからいいけど、実際に君の髪と瞳の色が多くの人に知られたら大変なことになるよ？」

「もう、わかってるってば」

何度も言い聞かされてうんざりしているアレクは、しつこいとばかりに返事をした。

聞き分けのない子供を目の前にした時のように、靄は大きくため息をつく。

「……はあぁ～。とにかく『紫を暴《あば》かれることなかれ』。ちゃんと守ってね」

アレクは、いつものように遠くなっていく意識に身を任せ、ゆっくりと目を閉じた。

第五話　アレク、温泉へ行く

週末、アレクは魔法研究委員会のメンバーと一緒に、体育祭で貰った旅行券を使って温泉旅行に来ていた。

一泊二日の温泉旅行はウキウキするものの、今日はかなり暑い。

夏が近づいているのもあるだろうが、歩きながら汗が止まらなかった。

その暑さに、アレクはもちろん、レイルもレベッカもヴィエラも、大分まいってしまっていた。

「暑いですわ……何でこんなに暑いんですの……」

ハンカチでひたすら汗を拭いつつ、レベッカは服の袖《そで》をまくる。

「あつうぃ……」

アレクの横にいるヴィエラが溶け切っている。早く室内に入らなければマズい。

アレク自身も限界だったので、三人を急《せ》かした。

「ほら、早く行きましょう。宿はもう目の前ですよ」

「ああ、そうだね……せっかくの温泉だ。楽しまないと」

アレクの言葉に同意したレイルを先頭に、魔法研究委員会の四人は旅館に入る。

「ようこそお越しくださいました」

旅館に入れば、優しげな女将《おかみ》が出迎えてくれた。

「本日は貸し切りでございます。お部屋へご案内いたします」

アレク達が女将の後についていくと、とても広い部屋へ案内された。

予想以上に待遇がよく、テンションが一気に上がる。

女性であるレベッカとヴィエラは、アレク達の隣の部屋だ。

「温泉の入り口は廊下の突き当たりにございます。では、どうぞごゆっくり」

女将が出ていったのを確認して、アレク達は早速風呂の準備に移る。

(そういえば、カラーリングがとれてもレイル先輩は僕の髪の色を知ってるから、あまり関係ないんだよね……)

知られたのは、昨年起こった誘拐事件でのことだ。

魔法研究委員会の四人は、商会から学園へカプセル薬の売上金を持ち帰る途中、突然男達に襲われて誘拐されてしまった。その時に水魔法を受けたアレクはカラーリングの魔法が解け、紫色が露《あらわ》になったのだ。

どうにか無事に事件は解決し、レイルもレベッカもヴィエラも、アレクの秘密を守ると約束してくれた。

あの誘拐事件がなければ、アレクは今、カラーリングを何重にも掛けていたのだろう。

しかし、レイル相手なら、そんな面倒なことをする必要はない。

それに安心しつつ、アレクはレイルとともに風呂場に向かった。


「うわあ～っ！　綺麗ですよ！　レイル先輩！」

「ちょ、ちょっと待って……服を脱いだら寒い」

はしゃぐアレクとは対照的に、レイルがカタカタと震えながら風呂場に入る。

くるくると辺りを見回せば見回すほど、その風呂場が広いことがわかる。

風呂場は綺麗に花を咲かせた木々に囲まれており、アレクの頬は自然と緩んだ。

旅館はもちろん、温泉自体も初めてであるため、興奮が抑えきれなかった。

しかし、お湯に入れば、その温かさに息をつく。

「きもちいーですね」

「そうだね。肩こりに効きそうだ」

年寄り臭いことを言うレイルに、アレクは苦労してるんだなぁ、としみじみ思う。

今回の温泉旅行は、レイルにとって僥倖《ぎょうこう》であったに違いない。

「まさか、体育祭で本当に勝てるとは思ってなかったなぁ……」

「僕は絶対勝つつもりでしたよ！」

アレクは、最後の体育祭になるレイルとレベッカに、何としても優勝してほしかった。

「アレク君、張り切ってたもんね」

「はい！　本当に旅行に来られてよかったです！」

無邪気に笑うアレクにつられ、レイルも笑みを浮かべた。

「そうだ。アレク君に、話しておきたいことがあるんだ」

「……？　はい、何ですか？」

「そのね……」

レイルが何か言いかけたその時だった。

「きゃああああああっ!!」

「!?」

女風呂のほうから、甲高い悲鳴が聞こえてきた。

アレクとレイルが慌てて温泉から上がって外に出ると、レベッカとヴィエラが濡れた髪も拭かずに震えていた。

「どっ、どうしたんですか⁉」

「あっ、あれくっくんっ、れいるっ、せんぱ」

「落ち着いて！　まず髪を拭こうか！　風邪引いちゃうよ！」

レイルが二人にタオルを押しつけると、レベッカは髪を拭きつつ早口で説明する。

「二人で温泉に入っていたんです！　そ、そうしたら、何か影が見えて。茂みの中を通るようなガサガサとした音もっ……。て、てっきり、動物だと思ったんですけど、影の大きさがそうじゃなくてっ。そ、そうしたら、影が笑ってた気がして、慌てて出てきましたわ！」

「怖かったです！　あれ、絶対心霊的な何かですよ！　ここ、そんな雰囲気しますもん！」

「ヴィエラちゃん、落ち着いて。失礼だから、ね？」

恐ろしさのあまり、とうとう旅館のことも貶《けな》しだしたヴィエラを宥《なだ》めつつ、アレクは考える。

本当に霊的な何かが、この辺りをうろついているのだろうか。

にわかには信じられないが、このままではレベッカとヴィエラはゆっくりできない。

「……女将さんに、聞いてみようか」

レイルがそう言ったので、アレク達は素早く頷いた。

「れ、霊ですか？」

女将に不審な影を見たと伝えると、女将は困ったような、不思議がるような表情をした。

「はい！　私達、見たんです！」

「黒くて大きい影を……！」

レベッカとヴィエラが必死に訴えるが、女将はへにゃりと眉尻を下げる。

「そういったお話は、今までお客様から伺ったことはありませんので……申し訳ありません、わかりかねます」

「そ、そんな……」

「きっと、この辺りに棲み着いている獣だと思います。人に害を与えることはありませんので、どうかご安心ください」

女将は本当に知らないようだった。これ以上追及して困らせるのは可哀想なので、アレクとレイルは納得がいかない様子のレベッカとヴィエラを引きずって部屋に戻った。

「絶対に、絶対にあれは幽霊的な何かですわ……！」

「そうです！　凄く気味が悪かったんですよ！」

はっきりと断言する二人に、アレクが質問した。

「そこまで言い切るほどの理由があるんですか？」

「……ない、ですわね」

「直感だよ」

「直感でそこまで……」

そう言われてしまうと、アレクも対処のしようがない。

「夜、寝られないかもしれません」

異様なほどに怖がる二人に、「仕方ないな」とレイルが口を開く。

「だったら、その幽霊とかどうでもよくなるほどの大事な話をしよう」

「？」

「大事な話……？」

レベッカとヴィエラはきょとんとしたが、アレクはふと思い当たった。

「あ、レイル先輩。さっきお風呂で言いかけたことですか？」

「うん。今、話すよ」

レイルが珍しく真剣な顔をして、話し出した。

「今年、僕は卒業する。それで卒業後の進路なんだけど、医師を目指そうと考えているんだ」

「医師ですか！」

「凄く専門的な知識がいるんじゃ……」

驚くアレクとヴィエラを、レイルは真っ直ぐに見る。

「うん。英雄学園では自分で進路を決めて、最後の一年はその進路に必要な専門的なことを学ぶ決まりになっている」

アレク達は話を聞きながら、いずれは自分達も将来を考えねばならないと思いを巡らせた。

「本来なら、もうすぐ僕は委員会を引退しなきゃならない」

「あ……最後の一年だから……」

レイルはアレクの言葉に頷き、話を続ける。

「僕はカプセルの件があるから、学園長先生に特例を出してもらって委員会に出られるけど、これからは顔を出す機会がぐんと減る」

突然の宣言に、アレク達は一気に不安になった。

これまではレイルのおかげで安心して委員会活動ができたが、今後は新しく入る一年生とともに運営していかねばならない。

「実は商会に行った時、僕はカプセルについてお客様からかなり多くの質問を受けてね。本当は開発者じゃないから、アレク君の受け売りで答えてたんだけど」

「何だか申し訳ないです……」

レイルが自分の代わりに危険を背負ってくれていることを改めて知り、アレクは申し訳なくなる。

そんなアレクを慰めるように、レイルはアレクの頭にポン、と手を置いた。

「僕が学園長先生に無理を言ったんだから、当然だよ。でも、僕がいなくなるってことは、今まで僕に集中していた質問が君達に向けられるってことなんだ」

「！」

「もちろん、お客様からすれば君達は開発者本人じゃないから、そこまで厳しい質問はされないかもしれない。でも、時には厄介な客もいる。充分に注意してほしい」

レイルが今までどれだけの重荷を背負ってきたか、何となくわかった気がした。

本来、アレクに回ってくる書類を全てこなしていたのはレイルだ。

その頼りになるレイルは、一年経てばもういない。

「僕達だけで、できるんでしょうか……それに新入生も」

「できるか、じゃない。やらなきゃならない」

もっともな言葉に、アレクはぐっと口を閉ざす。

すると、レベッカがアレクとヴィエラを元気づけるように言った。

「私が次の委員長です！　二人も、新入生も、きっと守ってみせます！」

「……ベッキーは、無理しすぎないようにね」

そんな様子を危ぶんだのか、レイルはそう付け足した。

「まあ僕が言いたかったことは、協力して頑張ってほしいってことかな。先輩だから、後輩だからって遠慮することなく、皆で相談してほしい。もちろん、僕にもだ」

「……」

レイルは本当にいい先輩だ――アレクはしみじみ、そう思った。

だが、今まで何も相談してこなかったレイルがそれを言うのか。

「……レイル先輩も、無理しないでくださいー！」

「えっ？　僕？」

「そうですわね、レイル先輩も私達に相談してほしいですわ」

「私もです！」

立て続けに言うアレク達の勢いに押され、レイルはポカンとする。

「自分の悩みを私達に言えるようになってから、それを言ってくださいませ」

レベッカの言葉に、レイルはしばらく黙り込む。

「……そう、だね。うん。皆の言う通りだ。ありがとう、ベッキー。それに、アレク君にヴィエラさん」

レイルの話は、確かに大事なことだった。

しかし。

「あの……今後の委員会のことはわかりましたが……やっぱり怖いです！」

ヴィエラの言葉を皮切りに、レベッカも「そうでしたわ！」と思い出してしまう。

再び怖がりだした二人に、アレクが提案した。

「わかりました。今日は全員で同じ部屋に寝ることにして、明日、何とかしましょう」

◆　◆　◆

次の日の早朝。女風呂に入っている二つの人影が、湯煙の中でぼんやりと浮かんでいる。

そこへ、何かの大きな影が近づいた。

ガサリ、という茂みの音で、湯煙の中の二人がビクリと動く。

その次の瞬間だった。

「捕まえたぁあーっ!!」

「!?」

「や、やってやりましたわ！」

大きな影は、二人の人物の手により地面に押しつけられた。

怪しい大きな影を取り押さえたのは、レベッカとヴィエラだ。

「捕まえたかい!?」

「はい！」

「じゃあもう上がるね！」

ヴィエラの返事を聞き、女風呂の中で囮《おとり》となっていたレイルとアレクが、風呂からザバリと上がった。湯船の脇に置いてあったタオルを掴み、急いで体を拭いて腰に巻く。そしてそのまま、怪しい影の正体を確認しに行った。

「……あれ」

「猿？」

捕まえたのは、少し大きめの猿であった。

ポカンとするアレクとレイルとは違い、女性陣二人は怒り心頭の様子。

「このぉっ、スケベ猿がぁあああっ!!」

「怖がらせないでくださいまし！　紛らわしいのですわよ！」

ギャーギャーと猿に向かって涙目で叫ぶ二人。

猿はどこか居心地悪そうに、「キー」とだけ鳴いた。

一方、アレクとレイルは、あるものに気づいてしまい、冷や汗が止まらなかった。

「……アレク君」

「……レイル先輩、あの、見ました？」

湯煙の向こうに見えた、灰色の手。

木の陰から伸びてきたそれは、猿のように毛深くはなかった。

さらには、こちらをじっと見る、ギョロリとした冷たい目。

「……あれが見えたの、僕達だけかぁ」

「の、呪われそう……」

「ハハハ」

レイルとアレクは頬を引きつらせて、乾いた笑いをこぼす。

猿に向かって怒鳴り続けるレベッカとヴィエラに言えば面倒なことになるとわかっているので、二人は黙っておくことにした。

この旅館、実際にかなりマズいのかもしれない。一刻も早くここから出たい。

「……まあ、原因もわかったことだし。さあ、部屋に戻って荷物をまとめようか」

「そうですわね。でも……私、ゆっくりお湯に浸かりたいですわ」

「⁉」

レベッカの発言で、アレクとレイルがビクッと震えた。

しかしそれに気づくことなく、ヴィエラもその意見に賛成する。

「私もです！　せっかくの旅行ですし！」

「……ヴィエラちゃん。やめとこ。ね？」

「？　どうして？」

助けを求めるようにアレクがレイルへ視線を向けると、レイルは「あー……」と唸った後、言葉を絞り出した。

「僕、まだ終わってないレポートがあって。早くまとめなきゃなー……」

「それは大変ですわ！　なら、早く帰りましょう！」

レポートなんて嘘である。

後輩の優しさに胸を痛めながら、レイルは「ありがとう」と返した。


「この度は我が旅館をご利用いただき、まことにありがとうございました」

旅館を出る際に、女将が深々と頭を下げる。

「いえいえ。満喫させていただきました」

――主に恐怖を。

もちろん、レイルがそれを口に出すことはなかった。

レイルの言葉を聞いた女将は、なぜか安堵の表情を浮かべる。

「それはよかったです。実はこの旅館、お客様があまり来ないのです」

「そうなんですか？」

「はい。旅館の温泉には猿がよく来ましてね。どこかからずっと見られている気がして落ち着かない、寒気がする、などと苦情をいただくことがあるのです。客足も遠のき、ほとほと困っていたのですが……」

「ハハハ」

確かに猿もいた。しかし、苦情の本当の原因は猿ではない。

女将は気づいていないようだが、それを知っているアレクとレイルは乾いた笑いを返すしかなかった。

すると、ヴィエラが女将に言った。

「茂みの中に、猿避けのバリケードを張っておくといいと思います！」

「そうですね。ありがとうございます」

「……あの、ついでになんですけど」

アレクがそっと付け加えた。

「お祓《はら》い、しとくといいかもです」

「お祓い……？」

「猿避けになるかもしれませんし？」

「まぁ。そんなお祓いがあるのですね。ぜひやってみましょう」

あの正体不明の何かが早くいなくなることを願いつつ、アレクは頷いた。

第六話　アレク、委員会のメンバーを選考する

温泉旅行から少し経った頃。

初等部二年Aクラスの担任であるアリーシャから、毎年恒例の行事のことを伝えられた。

「今から新入生の委員会決めを行います」

その言葉に教室がざわついた。

昨年経験した初等部ハントを思い出し、今度は自分達が捕まえる番か、と思う。

しかしアリーシャは続けた。

「初等部ハントは今年はやりません。昨年は怪我人も出たので、やり方を見直すことになりました」

その言葉を聞いた生徒達は、ほっと安堵の息をつく。

「まあ、新入生が可哀想だもんね」

「あれをやられると思うと……」

初等部ハントのことを思い出しても、多分一生「いい思い出だった」という感想は出てこないだろう。

「今年は自分達で選ぶ制度になったの。新入生には希望する委員会の部屋に行くよう伝えてあるので、皆さんも今から自分達の委員会室に移動してね」

アリーシャの言葉を合図に全員が席を立った時、教室の外からアレクを呼ぶ声がした。

「アレク」

「……エリザベス？」

声の主は、漆黒の髪に赤の瞳をした、半吸血鬼の少女エリザベスだった。

この少女はアレクより一つ下の学年で、今から委員会を選ぶはずだ。

エリザベスは声を潜めてアレクに尋ねる。

「私は生徒会に入りたいんだ。どうすればいい？」

「い、意外！」

「意外とは何だ。私は吸血鬼として、誉《ほま》れある仕事につきたいだけだ」

ふん、と怒ったように鼻を鳴らすエリザベスを「まあまあ」と宥める。

「今日はエリーゼじゃないんだね」

彼女は二重人格で、吸血鬼としてのエリザベス、人間としてのエリーゼが存在する。

いつもはエリーゼのほうが授業を受けているのだが、今日は珍しくエリザベスだ。

そのことを指摘すると、「当然だ」とエリザベスは言った。

「エリーゼが生徒会などやりたがるはずがないだろう」

「え？」

それを聞いて、アレクはキョトンとした。

真面目なエリーゼなら、生徒会の仕事もしっかりこなしそうだ。エリザベスよりも、むしろエリーゼのほうが生徒会を希望しそうに思える。

そんな感想を抱いたアレクに、エリザベスが説明する。

「エリーゼは園芸委員会に入りたかったらしいが、私は生徒会に入りたい。争った結果、見事私が勝ったのだ」

「そう……フフッ」

瓜二つの二人が喧嘩する姿を想像して、思わず笑ってしまうアレク。

エリザベスは少しムッとした顔になった。

「笑うんじゃない」

「まあまあ。じゃあ、僕が生徒会室まで案内してあげるよ」

「……私が呼んでおいて何だが、いいのか？　お前も自分の委員会に行かねばならないだろう」

「大丈夫だよ」

エリザベスの話を聞いて微笑ましくなったアレクは、彼女を連れて生徒会室に行くことにした。

「失礼します！　生徒会志願者を連れて来ました！」

「あら、アレク君。それにエリザベスさん。いらっしゃい」

アレクが生徒会室に入ると、リリーナが笑顔で迎えてくれた。

生徒会のメンバーは忙しそうに動き回っていて、何だか邪魔してしまった気がする。

すると、ガディとエルルがアレクを見つけてこちらにやってきた。

「アレク」

「兄様、それに姉様」

「アレク、入るの？」

「いいや。エリザベスが入るんだよ」

「……そうか」

少し残念そうに目を伏せた二人の様子は、エリザベスの気に障《さわ》ったらしい。

「私じゃ不満か」

不満も何も、ガディとエルルにとってはアレクが一番なのだ。

すると、リリーナがエリザベスの肩にポンと手を置く。

「私は大賛成よ。あなた、初等部一年生の中でもとても優秀じゃない。それに、この双子に強くものを言えるのも高ポイントね」

「おい、こら」

文句を言いつつ楽しそうに会話している兄姉とリリーナを見て、アレクはほっとした。

三人が出会った当初、アレクを取り戻しに来たガディとエルルは、英雄学園に残らせると主張するリリーナと対立していた。

過去のことを全て水に流したわけではないだろうが、今の関係には支障をきたしていないらしい。

「じゃあ、もう僕行くから」

「「あああ〜」」

生徒会室を後にしようとすると、ガディとエルルは落胆の声を上げた。

「うん、ありがとう」

アレクについていこうとする双子を拘束して、リリーナが素晴らしい笑顔で見送ってくれた。


エリザベスを生徒会室に送り届けた後、アレクは魔法研究委員会の部屋へ向かった。

てっきり魔法研究委員会は人気がないと思っていたが、意外なことに人で溢れている。

「レイル先輩！」

「アレク君！　手伝ってくれ！」

「わわっ」

遠くからポーンと投げられた志願書を受け取り、数を数えれば三枚しかなかった。

「あの、先輩！　志願書が少なくないですか!?」

「あーっ、後で事情を説明するから！　三人だけ入会を受け付けて！」

人に揉まれているレイルやレベッカ、ヴィエラを見ているうちに、アレクのもとにもたくさんの人がやってくる。

「魔法研究委員会志望です！　アレク先輩！」

「先輩……何か変な響きだなぁ」

初めて先輩という立場になったため、アレクはむず痒《がゆ》いような嬉しいような感覚になる。

でも、来てくれたのが十人以上であるのに対して、志願書は三枚しかない。

事情はわからないが、全員を魔法研究委員会に入れることはできないようなので、アレクは仕方なく選考を行うことにした。

「一人ずつ並んでください！　志望する理由を聞いて、志願書をお渡しするかどうか判断させていただこうと思います」

アレクの声に従って、生徒達がズラリと並んだ。

「魔法研究委員会を希望する理由を教えてください」

「はい！　レイル先輩が製造したという処方薬の話を聞きました。委員会で作ったんですよね！　凄いです！」

「あ、ありがとう」

「ですので、私もそのお手伝いがしたいと考えまして！」

意気揚々と語る生徒に、アレクは何とも言えない気持ちになる。

薬のことを褒められるのは嬉しいが、ここは魔法研究委員会だ。

魔法を研究するのが主な活動内容。実はアレクが入ってからそれらしいことはできていないが、今年こそはやってみたいと思っている。

その後も次々と志望理由を聞いていったが、皆似たような内容だ。

アレクはどう選べばよいか困りつつ、次の男子生徒にも同じ質問をする。

「志望理由を教えてください」

「……僕、魔法が苦手で。昔から勉強は頑張ってるんですけど、それ以外ができないんです。だからこの委員会に入って、全力で魔法を学びたいんです」

これまでの志望者の興奮した様子とは違い、真剣な声音で言い切る男子生徒。

それを見たアレクは即座に決めた。

「……合格」

「え？」

「君には志願書をあげるよ」

「ど、どうして？　僕なんて、ただ自分のためだけの理由で……」

「魔法を研究したいって言ってくれたの、君が初めてだから」

その後も並んでいる新入生に志望理由を聞いていったが、やはり皆、レイルの薬に惹《ひ》かれてきたとのことだった。

アレクは少し残念に思いつつ、新入生に残り二枚の志願書を渡すことはしなかった。

薬が目的で魔法研究委員会に入っても、面白くないだろう。製造方法は簡単には教えられないし、事務仕事の手伝いくらいしか関われないはずだ。

だったら、他の委員会に入ったほうが有意義な時間を過ごせるに違いない。

そう考えたアレクは、新入生達にここへ来てくれたことのお礼を言い、魔法研究委員会に入っても皆の希望するような活動をするわけではないことを伝えた。

新入生達は腑に落ちない様子だったが、アレクに頭を下げられ、仕方なく他の委員会室へと向かう。

「レイル先輩。終わりました」

「……君も、志願書は残したんだね」

君も、ということは、レイルも同じだったのだろう。

レイルは困り顔で帰っていく生徒達の背中を見つめた。

「誰も彼も、ここが魔法研究委員会というのを忘れてないかな」

「……僕とヴィエラちゃんが入ってから、一回も魔法は研究してませんからね。ところで、志願書が少なかった理由って？」

「学園長先生からの指示だよ。魔法研究委員会は新入生をそんなに入れないでほしい、とね。ほら、ボロが出る可能性があるから」

「ああ……」

レイルが言うボロとは、本当はアレクが薬を作った、ということだろう。

「それに、学園から補助金も貰えることになったし。初等部ハントでは、一番多く新入生を獲得できた委員会に補助金が出されただろう？　そのお金の一部を、魔法研究委員会に回してもらえることになったんだ」

「結果的には、これでよかったんだと思います」

結局、今年の魔法研究委員会の新入生は、五人となった。

◆　◆　◆

一週間後、アレク達は新メンバー五名を紹介するために、ロースウェスト商会に来た。

「新入生の皆様、ここは少し特殊でございますわ。その……緊張しないで、とは言いませんが、人魚の女性を怒らせないようにしてくださいませ」

レベッカの神妙な言い方に、新入生達は多少ザワつく。

新入生にいきなり不穏なことを言うのは申し訳ないが、どうしてもアグニだけは怒らせたくない。

「じゃあ行きますわよー」

「「「「はい、ベッキー先輩」」」」

新入生達が元気に返事をする中、アレクは首を傾げる。

「……あれ？　レイル先輩が仕切るんじゃないんですか？」

委員長であるレイルは、意外なことに最後尾のアレクの隣に立っていた。

不思議がるアレクに、レイルはレベッカを見て微笑む。

「今後、僕は補佐的な役割に回ろうと思ってね。ベッキーはよくやっているし」

新入生達にあれこれ説明しながら先導するレベッカは、アレクにとっても頼もしい。

「そうですね。ベッキー先輩、かっこいいです」

商会に入ってアグニのいる金魚鉢に向かっていく途中、商会の人達が親しげに話しかけてくる。

「よう！　レイルの坊ちゃん達！　どうしたんだ？」

「新メンバーの顔見せに来ましたの」

「そうかい！　会計長にしごかれないようにな！」

レベッカの慣れたような受け答えに、新入生達は憧れの目を向ける。

これくらいのやりとりが軽くできなければ、アグニと話すなんて到底無理なのだ。

しばらく歩いていると、真っ赤な尾ひれが目に飛び込んできた。

その主は金魚鉢の縁に腰かけて、商会の従業員に指示を飛ばしている。

「アグニ！　お久しぶりですわ！」

「あら、レベッカ。何か人間をたくさん連れてきたわね」

「これから行動をともにする新入生達です」

「う〜〜ん……」

アグニは唸り声を上げて、新メンバーの顔を見回していく。

難しい顔をしながら頬をかき、諦めたようにスパッと言い切った。

「覚えられない！」

「えー……」

ヴィエラが脱力しきった声を出すと、アグニは言い訳を並べていく。

「これまでは四人しかいなかったでしょ？　髪の色とか目の色、全然違ったし。新メンバーなんてほぼ見分けつかないのに、一気に五人も増えたら無理よ」

確かに、アグニの言うことにも一理あった。

レイル、レベッカ、アレク、ヴィエラはそれぞれ髪や目の色、口調さえも特徴がある。

しかし、新入生は全員が十二歳であるうえに、髪や瞳の色があまり変わらない。毎日会うわけでないなら、覚えるのに時間がかかりそうだ。

「覚えられないけど、これから厳しくしごくから覚悟しといてね？」

「「「「!?」」」」

アグニの笑顔に、寒気を覚える新メンバー達であった。

第七話　アレク、教会を訪れる

季節は夏に移り変わり、とうとう暑さが本格的になってきたこの頃。

アレクは学園の休日に、ガディとエルルと一緒にナハールの街の大通りへやって来た。

久々に兄や姉と出かけられることが嬉しく、アレクの足取りは軽かった。

「どこか行きたい場所はある？」

「うーん、あそこ！　あの雑貨屋さんに行ってみたい！」

「じゃあ行こう」

いつになく上機嫌のガディとエルルを引き連れ、雑貨店に行こうとしたその時。

「うえぇぇえええ〜ん……」

「……」

道端で泣きじゃくっている子供がいた。

アレクよりも年下に見えるその茶髪の少年は、涙を拭い、辺りを見回している。

アレクは思わずその子に声をかけた。

「どうしたの？」

「つぐ、ひぐっ、か、帰り道が、わからなくなって……」

「どこから来たの？　この街とは別のところ？」

「きょ、教会で、暮らしてます」

「君は教会に住んでるの？」

「うん」

心細そうに頷く少年。

詳しく事情を聞くと、どうやらこの子は教会に引き取られた孤児らしい。

初めてナハールの街まで買い物を頼まれた少年は、嬉しくなって、つい憧れていた街を見て回りたくなった。そして、あちこち店を見ているうちに迷子になってしまったそうだ。

帰り道がわからなくなり、パニックになって泣いていたところでアレクに声をかけられた、というわけである。

「兄様、姉様！　この子の家……教会に連れて行ってあげよう」

一方、ガディとエルルは少年を横目で見つつ、物凄く嫌そうな顔をしていた。

普段、冒険者ギルドの依頼と学業の両立で忙しく、ようやく手にした家族水入らずの休みなのに、まさかの邪魔が入った。仕方のないことかもしれないが、本当にツイてない、という顔である。

「ほら、どこの教会か教えて？」

そんな二人を気にすることなく、アレクは少年に尋ねた。

「ま、マーティン教会……」

「――っ⁉」

少年が教会の名を口にした時、ガディとエルルの肩がビクリと跳ねた。

「兄様？　姉様？」

「「……」」

何だか二人とも顔色が悪い。

キョトンとするアレクだったが、少年はそれを見て不安になったのか、目に涙を溜めた。

「も、もう僕、帰れないの？」

「安心して！　絶対連れて行ってあげるから！」

「ほ、ほんとぉ？」

「うん！　僕、マーティン教会の場所を知らないんだけど、兄様と姉様は知ってる？」

アレクが尋ねると、ガディは顔を逸らしつつ頷いた。

「……ああ」

「よかった！」

「行きましょうか」

ガディとエルルが歩き出したので、アレクは少年と手を繋いでついていく。

「……エルル。大丈夫だ。きっと、何の問題もない」

「……そう、ね」

二人は異常なほどに動揺していたが、それをアレク達に見せまいと歯を食いしばった。

◆　◆　◆

ナハールの街からマーティン教会に到着するまで、およそ二時間かかった。

マーティン教会は鄙《ひな》びた村の中にあり、都会への憧れが抑えられなかった少年の気持ちはわかるな、とアレクは思った。

「帰りが予定より遅くなっちゃって……し、神父さまに怒られる……」

「一緒に謝ろう。ね？」

「……うん」

少年とともに教会に足を踏み入れると、一人の神父が慌ててこちらに走ってきた。

男性にしてはやや華奢《きゃしゃ》な体格の中年の神父は、眉尻を下げ、どこか安心した表情で近づいてくる。

「トマス！」

「し、神父さまぁ～！」

少年はたまらず駆け出し、神父に抱きついた。

「心配しましたよ……！　何か、大変なことに巻き込まれたのではないかと」

「ご、ごめっ、ごめんなさい！」

わあわあと泣く少年を優しく抱きしめる神父。

神父は、少年を送り届けてくれた礼を言おうとしてアレク達を見た。

「この度は本当にありがとうございま……」

「「……」」

唖然《あぜん》として、神父はこちらを凝視している。

ガディとエルルも、何だか気まずそうな顔をしていた。

「……ガディ君、エルルちゃん……アレク君、かい……？」

初めて会った人に名を呼ばれ、アレクは目を見開いた。

どういうことなのだろう。SSSランク冒険者として活躍しているガディやエルルはともかく、なぜ自分のことまで知っているのか。

すると、エルルが小さな、消えてしまいそうな声で、こう言った。

「……久しぶりね。ハイド伯父さん」

◆　◆　◆

ガディとエルルは、アレクに「神父と話をするから、その子を孤児達のいる部屋まで送ってやってくれ」と頼んだ。

双子の意図を察した神父は、ガディとエルルを個室に案内し、テーブルを挟んでソファに向い合せで腰かける。

しばらく沈黙が続き、その冷たい雰囲気に喉をつまらせそうになりつつも、ガディがまず口を開いた。

「いつ、帰ってきたんだ？　ハイド伯父さん」

「……少し前にね。ようやく終わったんだ」

「そう、か」

ハイドは、ガディ、エルル、アレクの母であるマリーヌの兄だ。

三人からすれば伯父に当たるものの、ハイドとの思い出はないに等しい。

ハイドは十年前、教会を守護する結界石を入手するために、南の大国グラフィールまで足を運んでいた。そこで、結界石が壊れた時に応急処置の結界を張れるよう修業までしてきたので、帰国がとても遅くなってしまったのだ。

だからハイドは、アレクのことをほとんど知らない。

もちろん、ガディ達がムーンオルト家でどのような扱いを受けてきたのかも。

「……元気にしてたかい？」

「あ、うん」

「はは、すまない。どうしても、慣れなくてな」

ガディ達が伯父であるハイドと会ったことは、数える程度しかない。

二人もこの場の雰囲気に息苦しさを覚えていた。

すると、ハイドが突然二人に頭を下げた。

「すまなかった」

「……!?」

「お、伯父さん？」

ガディとエルルは、目を見開いて固まる。

「君達がどんな仕打ちを受けてきたのか、気づくことができなかった。すまない。本当に、すまない」

「「……」」

いつ知ったのか。どうやって。

聞きたいことが次々に溢れてきたが、二人は口に出すことができない。

何か言葉を出せば、止められなくなりそうだったからだ。

（この人は悪くない。わかってるのに……）

（今さら気づいても無駄だと、責めたくなってしまう）

ガディとエルルは類《たぐ》い稀《まれ》な能力の持ち主だが、それだけに父の期待は大きく、将来英雄家を継ぐ者として厳しく育てられた。その指導は時に行き過ぎて、虐待まがいの仕打ちをされたこともある。

さらに最愛の弟アレクを家から追放したことは、今後も許す気になれないだろう。

だが、そんな父の行動と伯父は無関係である。当時、ハイドはグラフィールで修業をしていて、ムーンオルト家の状況など知る由もなかったのだから。

己《おのれ》と葛藤《かっとう》するガディとエルルに、ハイドは言いづらそうに説明する。

「実は……君達が家を出た後、マリーとサージュ君がダリオ君と縁を切ったんだ」

「「!!」」

母と弟が、あの父と、縁を切った。

にわかには信じがたい。母は父の言いなりだったし、サージュは父に気に入られていたのに。

だが、もし事実だとしたら――ガディとエルルの頭に嫌な考えが浮かんでくる。

「もしかして、その二人は……」

「ここにいるよ」

マリーヌと、サージュが、ここにいる。

心臓が思い切り跳ねた。

話がしたいからと言って、アレクを外に出したことを激しく後悔した。

今、この時に鉢合わせでもしたら。

動揺する二人を落ち着かせるため、ハイドは彼らに触れようと手を伸ばす。

だが二人はその手を無意識に勢いよく振り払った。

「あっ……」

「「……」」

しまった、という顔をする二人だったが、ハイドはただ悲しげに笑った。

「サージュ君とマリーに、会っておいで。私はここで待っているから」

◆　◆　◆

アレクは少年を送り届けた後、教会の長い廊下をトボトボと歩いていた。

「……兄様と姉様、何を隠してるんだろう」

ガディとエルルが焦っていた気がする。こういう時は決まって、二人がアレクを守ろうとしている時だ。それに、不自然なほど動揺していたのも気になる。

ここに何か因縁があるのだろうか。

ここは一体、どういう場所なのだろうか。

その時。

「お前っ……！」

「……え？」

後ろから、声が聞こえた。

ずっと昔に聞いた声。

でもそれはこれまで何度も聞いてきた声で、アレクは自然と振り返った。

でっぷりとした体型の少年。

茶色の髪に茶色の瞳をした、意志の強そうな眼差《まなざ》しでこちらを睨んでいる人。

その人物はしばらくアレクを見た後、惚《ほう》けた顔となった。

「お前……まさか……」

「サージュ……兄様……」

そこには、もう一人の兄がいた。

どくん、どくん、と心臓が嫌な音を立てる。

緊張で喉がカラカラに渇いて、アレクはどうすればいいのかわからない。

両親と同じようにアレクを疎《うと》み、ムーンオルト家から追放したサージュ。

久しぶりに会った兄は相変わらずのように見えて、変わったようにも見える。

サージュはじっとアレクを見据えて、口を開いた。

「お前、アレクか」

「……は、はい」

小さくアレクが返事をすると、サージュは苦々しい表情で俯く。

しばらくお互いに沈黙した後、先に口を開いたのはサージュだった。

「お前、何で目と髪の色を染めてるんだよ」

「め、目立つから」

おずおずと答えると、サージュはちらりとアレクの髪に視線を送る。

「ふぅん。やっぱりその色は、外でも見ないものなんだな」

その色。

アレクの紫の髪と瞳は、確かに他の人は持っていないものだ。

そのあまりに珍しい色はどうしても目立つし、ジロジロと好奇の目で見られるのは決して気分がいいわけではない。

アレクが黙り込んでいると、サージュがボソリと何かをつぶやいた。

「……た」

「え？」

「悪かったって、言ってんだ」

ぶっきらぼうに言われたその言葉を、アレクは信じられなかった。

あのサージュが謝るなんて、全く思いもしなかったからだ。

どう応えればよいか迷った挙句、何とか言葉を絞り出す。

「あの、その……ご、ごめんなさい」

「は？」

か弱い声をかろうじて聞き取るも、サージュはなぜ謝られるのかわからず眉根を寄せる。

「僕が、落ちこぼれだったから。だから、英雄家には、必要なかったんだよね？」

「………………」

サージュは絶句した。

アレクの言葉に、チリ、と腹の底に押し込めていたものがうずき、音を立てて爆発する。

「ふざけるな‼」

「っ⁉」

突然サージュに怒声を上げられ、アレクはビクリと身をすくめた。

「お前っ、気づいたんだろ⁉　自分は落ちこぼれなんかじゃない、凄い力を持ってるんだって‼　そりゃそうだろうさ‼　兄様や姉様についていけるお前は、特別だから‼」

「え……？」

言われたことが、全く理解できなかった。

出生時の魔力測定では値が低く、体も小さくてひ弱だった。だから英雄家には相応《ふさわ》しくないと両親やサージュに疎まれてきたのだ。

そう、思っていた。

「何でっ……何で、落ちこぼれとか言うんだよ。だったら、お前の足元にも及ばない俺は何だ？

他の努力してる奴は、何なんだ？　役に立たない、ゴミなのかよ」

実際のところ、アレクはガディやエルルとともに鍛錬を積むうちに才能を開花させ、人並み外れた腕力や魔力を身につけていた。アレク本人は今も落ちこぼれだと言い続けているが、それは双子の兄姉と比較しているからである。

サージュは、アレクの能力が自分よりも優れていることに気づいていた。

お前は落ちこぼれだ、紫の髪と瞳なんて気味が悪いと批難してばかりだったが、その態度の根底にはアレクへの嫉妬と自身への失望があったのだ。

「ぼく、は……」

「なぁ、答えてくれよ……」

サージュの本音を、初めて聞いた気がした。

アレクは動揺と混乱でぐるぐるする頭の中で、必死に考えようとする。

しかし、何も言葉が出てこない。

どう答えればいいのか、さっぱりわからない。

「そういうところが……俺は昔から、嫌いだったんだよ……」

「……」

嫌い。

きらい。

非常に真っ直ぐな感情表現でありながら、力のない声で吐き出された言葉。

（でも、だって……僕は落ちこぼれ。力がないから。兄様や姉様みたいに、立派にできないから。だから）

だから、両親に追い出された。

だから、両親に愛してもらえなかった。

ぐるぐる、ぐるぐると思考を巡らせる。

これまで自分に言い聞かせてきたその考えを、やはり肯定したくなる。

アレクだって、本当は何となく気づいていた。

世間一般から見れば、自分は凄いと褒められる存在だということを。

でも、落ちこぼれだと強く思い込み、自分に言い聞かせてきた。

そうしなければ、両親に嫌われてきた理由がなくなってしまう。

本当に、この髪と目を気味悪がられただけなのだとすれば、紫色を憎んでしまいそうになる。

髪や目の色は生まれつきのもの。嫌われてもしょうがない、と諦めているつもりでも、どこかで親の愛情を求めていた。

アレクだって人間なのだ。

優しくしてもらいたいし、我が子として愛してほしかった。

なのに、サージュだけが親の愛情を一身に受けている。

「僕は……僕はずっと、兄様が、サージュ兄様が羨ましかった」

「……は？」

サージュは耳を疑った。

「俺のどこが羨ましいって言うんだよ。こんなっ、才能も何もないっ、自堕落《じだらく》な俺がっ……」

ぎゅっと強く拳を握り、サージュは苦しい胸の内を吐き出す。

「俺は恥ずかしかった。ずっとな……！　自分だけ英雄家に相応しくない無能だ。俺は悩んできたんだよ」

アレクはサージュの言葉を静かに聞いていたが、すっと目を見据えて悲しげに言う。

「……それでも兄様は、父様に可愛がってもらえた。母様に、愛してもらえた」

「っ……」

サージュは言葉を失う。

「僕は本当に、この変な髪と目のせいで愛してもらえなかったんだったら……どうすればいいのかな？　僕の努力は、無駄だったのかな？　どんなに頑張っても、父様と母様には興味さえ持ってもらえない」

互いに思うことがあった。

サージュはアレクの才能を羨み、双子の兄と姉に愛されることを妬んだ。

アレクはサージュが父と母に愛されることを羨み、いつでも堂々としているその態度に憧憬《しょうけい》を抱いた。

アレクとサージュの間には、足りないものが山ほどあった。

もっと早くに自分の気持ちを伝えていればよかったのかもしれない。

言葉を交わし、相手を思いやる気持ちを持てていたら、今とは違う状況になっていたはずだ。

だが、もうどうすればいいのか、わからなかった。

相手を羨んでも、妬んでも、どれだけ努力したとしても、自分の願いは叶わない。

アレクとサージュの間に、重い沈黙が下りる。

そこに、カツンと靴音が響いた。

「お前……」

「サー、ジュ？」

声のした方を振り向くと、呆然としているガディとエルルの姿があった。

兄と姉を見て、サージュは一瞬、眉をひそめる。

そして、無理やり笑った。

「久しぶりです、兄様、姉様」

ガディとエルルは、ゆっくりと弟達に近づいた。

「サージュ、お前……」

「本当に久しぶり。元気に、してた？」

「……」

ガディとエルルは何を話せばよいのかわからず、二人には珍しく言い淀む。

アレクとサージュが会話をしていたらしいことを察し、息が詰まる思いだった。

「サージュ？」

「「！」」

そこに、マリーヌが――母が、やってきた。

双子と同じ銀の髪に銀の瞳、整った顔立ちは、やはり血の繋がりを感じる。

しかし、マリーヌはアレク達三人を見つけ、絶句した。

「あ、あなた達。何でこんなところに」

「……偶然だ」

「ナハールの街で迷子になっていた子を、教会まで送ってきたの」

ガディとエルルが緊張を抑えてそう答えるも、アレクは声を出すことができなかった。

マリーヌからは直接的な暴力を振るわれたことはないが、ずっと抑圧されてきた。

この人が自分を愛していないことなど、ずっと前からわかっている。

「アレク……無事、だったのね」

「っ」

無事――それは、どういう意味なのだろう。

追い出したくせに。思い出したくもない暴言を吐いて、捨てたくせに。

「母様は、僕が無事じゃ嫌？」

「そっ、そんなこと……」

「嫌だよね。だって、僕がいらなかったんでしょ」

投げやりに、冷たい声で母に言い放つ。

「……」

「アレク」

「落ち着いて」

双子が宥めるように声をかけたが、アレクは止まらなかった。

「ねえ母様。何で僕のこと嫌いなの？」

「……」

「どうすればいいのかわからないよ。どうしてほしいの？」

アレクは俯いたまま、母とは目を合わせずに問いかける。

「ご、ごめんなさい。あなたにしてきたこと、謝るから」

「謝ってほしくなんかない」

全身が沸騰《ふっとう》するように熱かった。

恨んではいなかったはずなのに、嫌ってはいなかったはずなのに、いざ本人を目の前にすると怒りが湧いてきた。

許せないという思い一色になっていく。

「何で……何で、僕を産んだの？　こんな思いするくらいだったら、生まれてこなければよかった」

「あ、あ……」

マリーヌはアレクに何と答えればよいかわからず、真っ青な顔でうろたえる。

「もういいよ。知らない。母様なんて、……あなたなんて、大嫌いだ」

その言葉を最後に、アレクはその場から走り出した。

ずっと硬直していた双子もそれで金縛りが解けたように、慌ててアレクを追う。

その場には、マリーヌとサージュが残された。

「……母様！　大丈夫？」

「サージュ」

心配そうに覗き込んでくる我が子の顔を見て、マリーヌは少しばかりほっとした。

サージュは走り去っていったアレク達に、憎々しげな目を向ける。

「あんなこと言うなよ……！　母様だって、つらい思いをたくさんしたのに！」

「サージュ。ごめんなさい。不甲斐《ふがい》ない母様で、ごめんね」

「母様……」

サージュは憔悴《しょうすい》した様子の母の手を握り、じっと目を見つめる。

「でも、私はあなた達の母親だから。それは、変わらないから」

ガディだって、エルルだって、アレクだって、マリーヌの子供だ。

最初はみんな、等しく愛するつもりだった。

そのつもりだったのだ。

◆　◆　◆

思い出すのは、教会の門を叩いたあの日。

このトリティカーナ王国では、それなりに有名なマーティン教会。

この教会をずっと継いできた一族の娘として、マリーヌは生を受けた。

幼少期は平凡ながらも充実した日々を送っていたように思える。

優しい兄に立派な両親。いつか自分もこんな風になるんだと夢見てきた。

でも、両親はマリーヌが僅か十四歳の頃に、巡礼の道中、魔物に襲われて亡くなった。

マリーヌの兄であるハイドですらも、まだ十五歳だった。

若い二人が教会を継ぐことは許されず、親族に管理権を奪われ、財を巻き上げられ、ハイドとマリーヌは一介の神父とシスターとなった。

当然、頼れるあてなどどこにもない。

そこへ転がり込んできた婚約の話に、ハイドとマリーヌは仕方なしに了承した。

相手は、トリティカーナ王国の英雄家であるムーンオルト家。

見た目だけは立派なムーンオルト家は、近年悪い噂が絶えないおかげで、当主の縁談がまとまることはなかった。

英雄の子孫は魔力が高いほうがいいという見栄ばかりの理由で、マリーヌが指名されたらしい。

ムーンオルト家という後ろ盾を得て、兄のハイドは教会の管理権と己の地位を取り戻した。

そしてマリーヌは、十八になる頃にムーンオルト家に嫁《とつ》いでいった。

新しい家での生活は――はっきり言って、最悪だった。

ダリオは彼女を愛するどころか、使用人のように扱った。

こんな仕打ちには耐えられないと思い、マリーヌは夫に気に入られようと仮面を被った。

臆病だと悟られぬように、従順で気高《けだか》い妻の仮面を。

結果、ダリオは満足したらしく、マリーヌの扱いは比較的落ち着いていった。

それでも恐怖と夫を欺《あざむ》いている後ろめたさは、常にマリーヌにべとりとついて離れなかった。

十年以上もそんな生活を続けていたが、アレクの追放をきっかけに、マリーヌの生活はまたもや一変する。

家庭が崩壊したあの時、やはりサージュを連れてムーンオルト家を出たのは正解だったと考えつつ教会を訪ねると、兄はひどく驚きながらも迎えてくれた。

とりあえず教会に入り、小部屋に通され事情を聞かれた。

「一体、何があったんだ。ダリオ君は？　それに、ガディ君やエルルちゃん、アレク君は」

「……ごめんなさい」

「え？」

「私が、いけないんだわ。私が」

「母様。母様のせいじゃないよ」

脇にいるサージュは必死で慰めてくれたものの、マリーヌはサージュの言葉に縋《すが》ることはしたくなかった。

シスターの一人にサージュを任せて、マリーヌは全てをハイドに話した。

「……これが、私のしてしまったこと」

「マリー……歯を、食いしばりなさい」

ペチン、と力なく頰を叩かれた。

歯を食いしばれと言われたわりには、全く痛くない。

罪悪感でずっと俯いていた顔を上げると、ハイドは泣きそうな表情をしていた。

「ガディ君やエルルちゃん、アレク君は……ずっと、そんな状況に耐えてきたというのかい」

「はい」

「ずっと、ダリオ君はそんな、虐待まがいのことを」

「そう、よ」

「なんてことだ……ああ、最悪だ」

ハイドは嘆きながら頭を抱えた。きっと、気づいてやれなかったことを悔《く》いているのだろう。

しかし、ハイドに罪はない。ハイドは長い間他国に修業に行っていて、知ることなどできなかったのだ。

「マリー。君は、ダリオ君から暴力を受けてきたのか？」

「いいえ」

「息子や娘が傷つけられるのを、止められなかったのか？」

「……怖くて、無理だった。あの人がずっと怖かった。何か言えば、矛先《ほこさき》が私に向いてしまうんじゃないかって」

「そう、か。だから、自分もアレク君にそんなことを言ったのかい？」

「っ」

アレクには、暴言を浴びせてきた。

母親としてありえない行いだと、心のどこかでわかっていたはずなのに。

「……私はあの子も怖かった」

「アレク君が？」

「アレク、だけじゃない。ガディも、エルルも。あの人と同じ、とても強い力を持つ子供達が、ずっと怖かったの。私は、力の強い者達が怖い」

自分が産んだ子供のはずなのに。

長子として生まれた二人に、ダリオは厳しく接してきた。

子供相手にやることじゃないと、何度も訴えようとして、やめた。

勇気などかけらもなかった。

厳しい指導に耐え、子供が強くなり、まるで英雄のような力を手にしたことによって生まれた感情は、誇りではなく恐怖だった。

腫《は》れ物を扱うように接していれば、ガディとエルルは悲しげな顔をしたが何も言わなかった。

次に生まれた子供であるサージュは普通だった。

ダリオは次男のサージュを可愛がっていたため、マリーヌも彼を可愛がることができた。

サージュに善悪を教えなかったのはマリーヌだ。

だからサージュは、あまり他人の心を思いやることのできない子供になってしまった。

「でも、一番怖いのはアレクだったの。あの子は見たこともないような髪と目の色をしていて。あの人は、あの子を気味悪がって。確かに私もあんな色は見たことがなかった。紫の髪と瞳が、気持ち悪いものに思えて。私は自然とあの子を嫌っていったの」

それに、アレクが生まれてからダリオの態度はさらに恐ろしいものになった。

幼い頃のアレクは体が弱く、ダリオは末子を役立たずとして切り捨てることを選んだ。

だから暴力を振るうことに対して躊躇《ためら》いがなかった。

それは、アレクを庇《かば》おうとするガディとエルルに飛び火することもあった。

夫が、いつ自分に牙を剥《む》くかわからない。

一方、アレクはガディとエルルに育てられ、幼少期に比べて信じられないほど強くなった。

ダリオはアレクを嫌い、興味がなかったため気づいていないようだったけれど。

マリーヌにとって、アレクは恐怖の対象であり、同時に自分を危険に晒《さら》す疫病神《やくびょうがみ》に等しかった。

「どうすればいいのか、わからないの。あの子を愛そうとしても、愛せなかった。間違ってるのは、わかってたのに」

「マリー……」

マリーヌは、まるで迷子の子供のようだった。

仮面を被ったはずなのに、それはいつの間にか自分自身の面の皮となっていた。

（ああ、醜いなぁ）

ふと壁掛けの鏡に映った自分を見て、マリーヌはせせら笑った。

◆　◆　◆

「アレク……！」

アレクを追いかけたガディとエルルは、通路の突き当たりで小さく蹲《うずくま》るその背中を見つけた。

名前を呼んでも、振り向いてはくれない。

「アレク……あなたのせいじゃ、ないわ」

「………」

エルルが声をかけても、アレクはじっとしたまま動かない。

「悪いのはあいつらだ。お前が気に病む必要はない」

「……にぃ、さま。ねぇ、さま」

小さく掠れた声で、アレクはそうつぶやいた。

二人がそっとアレクに近寄ると、アレクは感情を吐露し始める。

「ごめんなさい。僕、あんなこと、言うつもりなかったのに。母様に、あんなこと」

「アレク。大丈夫だから」

エルルは落ち着いてほしくて背中をさするが、アレクの顔色は悪くなるばかりだ。

「……僕ね、ずっと、母様とサージュ兄様、それに父様と、仲良くしたかった」

「……」

「兄様と姉様みたいに、一緒にいたかった。僕達、家族なんだよね？　家族は一緒にいるものだって聞いたよ？」

ガディもエルルも、答えることができなかった。

二人は気づいていた。

学園に入って生活環境は圧倒的に改善されたが、どこかアレクが空虚を感じていることを。

授業参観の時のあの寂しそうな顔は、一生忘れることはないだろう。

同級生が父や母の自慢をする中、アレクは一体何を思ったのだろうか。

いつも負担をかけてばかりで、ガディとエルルは不甲斐なさを痛感する。

「ごめんね、姉様を許して」

「姉様？」

「姉様じゃ、母様の代わりになれないものね。ごめんね」

エルルはアレクの顔を覗き込み、そっと頭を撫でた。

「姉様の、せいじゃ」

「……すまないアレク」

「にい、さま」

ガディは身をかがめてアレクと目線を合わせ、静かな声で語りかける。

「ずっと、寂しかったよな。つらかったよな」

「っ」

ボロリ、と大粒の涙がアレクの目からこぼれた。

それをきっかけに感情を押しとどめていたものが一気に崩れ、涙と言葉が溢れ出てくる。

「兄様と、姉様のせいじゃないよぉ……!!　僕の、せいなんだ、僕がこんな、きっ、きっ、気味の悪いっ、髪と目に生まれてなければ……!!」

「っ、お前のせいじゃないっ!!」

「あなたの色は素敵よ……!!　綺麗な、紫色」

「もぅ、やだよ……!!　ずっと、ずぅっと、カラーリングに、頼ってもいい!!　みんなに、嫌われたくないよぉ……!!」

泣きじゃくるアレクを抱きしめて、ガディとエルルも涙をこぼした。

二人は涙なんて滅多に見せない。彼らをよく知る人物が今のガディとエルルの姿を見れば驚くことだろう。

アレクが泣いているところを見るのがつらかった。

アレクが悲しんでいるところを見るのが嫌だった。

無力な自分達では、この孤独を癒《いや》してあげることすらもできない。

「お前はっ、俺達のっ……大事な、弟だ!!」

「泣かないで、泣かないで、アレク……」

「うぅっ……ずっ、ご、ごめっ、なさっ、い!!　僕のっ、せいで……迷惑かけて、ごめんなさい……!!」

嗚咽《おえつ》を漏らしながら謝罪を続けるアレクに、「違う!!」と二人が叫ぶ。

「何度も言わせるなよっ……!! お前のせいじゃ、ない!!」

「あなたがどうして、苦しまなくてはならないというの……!?」

「お前は、落ちこぼれなんかじゃないんだ……!!」

「～～っ、うああっ、あああぁ!!」

気づけば泣き叫んでいた。

悲しくて悔しくて、二人の言葉が嬉しくて。

それと同時に、申し訳ない。

二人にはずっと気にかけてもらったのだから。

家を出たのだってアレクのためだ。

今こうして泣いているのだって、アレクの言葉を悲しんでいるからに違いない。

そう理解しながらも、抱きしめてくれる二人の温かさに縋ってしまった。

放さないでほしかった。

拒絶しないでほしかった。

ただ、そこにいてほしかった。

「…………」

わぁわぁと泣き続ける三人を、伯父であるハイドはそっと見守っていた。

マリーヌとサージュとは、うまく和解できなかったらしいと悟った。

今は声をかけるべきではない。

「一度、じっくりと話し合わなければならないのかもな……」

◆　◆　◆

ひとしきり泣いてアレク達が落ち着いた頃、ハイドは三人に声をかけた。

「……教会の、一室を貸すよ。今日はそこで休むといい」

「あ、し、神父さん……」

アレクにそう呼ばれ、ハイドは自己紹介をした。

「私はハイド・マーティン。君の伯父だ。マリー……マリーヌの兄にあたる」

「あ……」

言われてみれば、確かにハイドはマリーヌとどこか雰囲気が似ていた。

「覚えてないのも無理はない。あの時の君は赤子だったからな」

ハイドは眉尻を下げて、アレクに手を伸ばす。

ビクリと震えたアレクを、ハイドはそっと抱きしめた。

「こんなにも、大きくなって……」

「え、あ」

「甥《おい》っ子と姪《めい》っ子の成長を見逃してしまった……何もできなかった私を憎んでくれ」

「憎む、なんて」

そんなことなど、アレクにはできない。ハイドの存在を今知ったばかりなのだから。

ハイドはアレクから離れると、どこかぼうっとした様子のガディとエルルに声をかける。

「これは鍵だよ。さっきの部屋の右隣だ。そこに今日は泊まってくれ」

「……わかった」

そう答えたガディに、ハイドは鍵を渡す。

「今日はゆっくり休みなさい。心の整理をしてね」

心の整理――アレクにはその言葉が、やけにずしりと重くのしかかった気がした。

確かに今必要なのは、落ち着くことなのかもしれない。

それから部屋に行って休んだ後、夕飯を食べ、風呂を借りて眠りについた。

ベッドの中でアレクは考えていた。

(やっぱり、母様に謝るべきだ)

逃げたりなどしたくない。思い返せば、感情の赴《おもむ》くまま聞くに堪《た》えない言葉を吐いていた。もう一度、真剣に話し合ったほうがいい。

(……でも、怖いなぁ)

歩み寄りたくとも、マリーヌはアレクをどこか遠ざけている。

もしかすると、また拒絶されてしまうかもしれない。

それは仕方ないにしても、謝罪はしなくてはならない。

「……眠れないの？」

「！」

気づけば、隣のベッドで横になっているエルルが優しげな目でこちらを見ていた。

「……ちょっとね」

「おいで」

エルルに手招きされるまま、アレクは隣のベッドに潜り込む。

こうして一緒に寝るのはいつぶりだろう。横を見れば、ガディはすでに寝息を立てていた。

「ガディも疲れたのね。珍しく早く寝てる」

「兄様……」

すると、エルルはアレクをそうっと抱きしめた。

「大丈夫よ。何があっても、私やガディがあなたを守る。傷つけさせたりなんてしない。絶対に守ってみせるわ」

「……姉様。僕、明日ね、母様に謝ろうと思う」

「……そうね。アレクが決めたのなら、そうしなさい」

エルルの返答にアレクは少し驚いてしまった。

てっきり、止められるものだと思っていたのに。

ポカンとするアレクを見て、エルルは言い聞かせる。

「アレクは、アレクのしたいことをすればいいのよ。それが危険であったり、間違ったことであったりすれば、私が止めてあげる。でも、母様と和解したいという気持ちは痛いほど伝わってくるから」

「姉様……ありがとう」

「いいのよ。ガディには私のほうから言っておくわ。だから……もう、安心して」

エルルの気遣いを噛みしめて、アレクは小さく頷く。

自分に味方がいるというのは、どれだけ心強いことか。

それを改めて実感し、アレクは明日の覚悟を決めた。

「僕、サージュ兄様と、母様と、仲良くなりたい」

「……そうね。それが一番、いいわね」

どこか寂しそうな顔で、エルルがそう言った。

◆　◆　◆

その日、ガディは昔の夢を見た。

自分達が今のアレクぐらいの年の頃。ダリオにしょっちゅう叱られ、危険な依頼を受けて毎日のように死と隣り合わせだった時のことだ。

冒険者ギルドでは、ガディ達が虐待されていると噂になっていた。

「可哀想に……」

「見て、あの傷。痛々しい」

「あんな子供が」

周りの人々はギルドにやってきたガディとエルルを哀れんだ。

同情されている。そのことにガディは腹を立てたのを覚えている。

(知らないやつが、俺達を勝手に語るんじゃねぇよ……可哀想って言っときゃ何とかなるとでも思ってるのか。自分達は関係ないからって、そんな興味もなさそうな顔で同じようなこと言い並べやがって。それに……)

ガディは、ギュッとエルルの手を握った。

「ガディ？」

「……」

(絶対、俺は可哀想なんかじゃない。エルルがいる。それに、アレクも。父親とか母親とか、どうでもいい。被害者になんか、なりたくない)

何が可哀想だ。何が哀れだ。

そんなことないと叫んで、自由を謳歌《おうか》してやりたい。

しかしそれを行動に移すには、ガディ達はまだ幼すぎた。

だからせめて——心の中では叫ぼう。

(俺は、幸せなんだ!!)

「——っは」

そこでガディの意識は眠りから浮上し、気づけば暗闇に包まれていた。

息が荒い。汗が額を伝う。

横を見れば、アレクとエルルが眠っていた。

「……幸せって、なんだろうな」

幸せとは、親とともにいなければ叶わないものなのだろうか。

◆　◆　◆

翌朝、アレクはガディとエルルに起こされた。

「起きろアレク」

「ん……?」

「サージュと母様が来てる」

その言葉に反応して跳ね起きると、確かに部屋の入り口にサージュとマリーヌが立っていた。

ガディに促され、サージュとマリーヌはアレクのいるベッドの前に進む。

「サージュ兄様……母様……」

そうつぶやくと、アレクは二人の顔を見られずに俯いてしまう。

長い沈黙が、この空間を支配した。

謝ろう。

声を出そう。

そう思っても、まるで喉が枯れてしまったように声が出ない。

はくはくと魚みたいに口を開け閉めしていると、先に動いたのはサージュだった。

「ごめん」

「……！」

「昨日は、言いすぎた。ごめん。許してくれるか」

「……う、うん」

ようやく絞り出したアレクの一言に、サージュは息をつき、安堵したようだった。

すると、マリーヌがアレクに話しかける。

「謝ってすまされることではないと、わかっているわ。だけど、言わせてほしいの。聞いてくれる？」

「……うん」

「アレク。私はね、あなたのこと……ずっと、怖かったの」

体が強張る気がした。

距離を取り続けてきた母の本音が、ようやく明かされた。

ガディとエルルがキッとマリーヌを睨んだが、マリーヌは必死で己を奮《ふる》い立たせて言葉を続ける。

「あなたは、見たことがない髪と目の色をしていたから。それが得体の知れないもので、不気味で。怖かったの」

「……そっ、か」

「でも、怖いのはあなただけじゃなかった」

マリーヌはゆっくりと、誰にも話してこなかったことを打ち明ける。

「夫であるダリオが怖かった。ガディとエルルが、怖かった。……力ある者が、怖かったの。その力で、何をされるかわからなかったから」

「……に、兄様と、姉様も？」

「そうよ」

アレクにとっては意外すぎる事実だった。優秀に育った二人を、怖がっていたなんて。

肝心のガディとエルルは何となく気づいていたらしく、特に驚いた様子は見られない。

「でも、一番怖かったのは……我が子に、拒絶されてしまうことだった」

「え？」

アレクは思わず聞き返した。

「馬鹿みたいね。自分から遠ざけて壁を作っていたはずなのに、我が子に触れたくてしょうがなかった。でも、あなた達は私を嫌っているだろうから、拒絶されるのが恐ろしかった」

まだアレクが家にいた頃のある日、ずっと怖いと感じていた子供達が、笑い合っていた。

その光景を見たマリーヌに芽生えたのは、畏怖《いふ》ではなく懐かしさだった。

自分も幼い頃、ハイドとともにいた。

そして、母に可愛がってもらっていた。

取り返しのつかないことをしてしまった気がした。

自分を正当化したくて、ずっと見ないふりをしてきた。

遠ざけるのは仕方ない、自分の身を守るためだと。

アレク達がマリーヌを傷つけたことは、一度たりともなかったというのに。

「ねえ、アレク。こっちを見てくれないかしら……？」

ドキンと心臓が跳ねた。

マリーヌとサージュを見るのが怖くてずっと俯いていたのだが、上から声が降ってくる。

「……」

恐る恐る顔を上げると、憔悴《しょうすい》した二人が目に映る。

これが、彼らの本当の姿であると感じた。

「……変わったね」

「贅沢な生活からは離れたもの」

そう答えるマリーヌから、アレクはサージュに視線を移す。

「やつれた、と思う」

「恥ずかしいな」

照れ臭そうに笑う二人を見て、アレクの中にあった恐怖心と、小さな怒りが跡形もなく霧散した。

そっとベッドから抜け出して、二人に抱きついてみる。

「ア、アレク⁉」

「アレク……？」

逃げない。

拒絶されない。

こんな風に抱きついたのは、初めてかもしれない。

母ともう一人の兄の温もりをようやく知ることができた。

「これから仲良くできるかな……サージュ兄様と母様は、僕と仲良くしてくれる？」

「……いい、のか？」

「僕は、サージュ兄様と母様と、仲良くなりたい」

ポタリと、上から水滴が落ちてきた。

見上げてみれば、ハラハラとマリーヌが涙を流していた。

驚くアレクとサージュに、マリーヌは恐る恐る触れてみる。

思えば、こうやって緊張しながらも子供に触れようとしたのは初めてだった。

その手は拒《こば》まれることなく、そっと二人の頬に添えられた。

「ごめんなさい……!!　今まで愛してあげられなくて、ごめんね……!!」

「かぁ、さ」

マリーヌはさらに力をこめ、アレクからこぼれた声ごと包み込んだ。

「ようやく……ようやく、触れられた」

心の底から、押し出された声だった。

受け入れられたのがわかったことに驚きつつ、アレクはただサージュとともに、しかと抱きしめられたままでいた。

すると、マリーヌは自分達を見守っているガディとエルルに声をかけた。

「あなた達も……ごめんなさい。今さら母親ぶって、本当に虫がよすぎることはわかってる。でも、少しでいいから受け入れてほしいの」

「……」

はあー、と、大きなため息が聞こえた。

エルルはしょうがないな、とばかりに肩をすくめ、ガディは頭の後ろをかいた。

「……俺が言いたいのは、まず、被害者ヅラするな。母親ぶる以前に、それだ。お前は被害者なんかじゃない」

「ええ、そうね……」

「それと同時に、俺らも被害者なんかじゃない」

しっかりと言い聞かせるように。

ガディはマリーヌを見据えて淀みなく続ける。

「幸せは、親が左右するものだとは思ってない。それは今もだ。親がいなくても、現に俺は幸せだ。でも……孤独を誤魔化していたのは、認める。そうだな、こう言えばいいのか？　許してはいないけど、本当に腹が立つけど、これからアレクに優しくしてやってくれ」

今でも忘れてはいない。

マリーヌが屋敷で吐いてきた、数々の暴言を。

それを思い出せば腸《はらわた》が煮えくりかえるし、マリーヌに殺意さえも覚える。

(でも……アレクは今、幸せそうだ)

やっと母と和解して、笑顔を見せているアレク。

この幸せを壊す権利は、ガディにもない。だから、黙って見守ろう。

「……いだっ」

突然、後ろからエルルに頭を叩かれ、ガディはキョトンとしてエルルを見つめる。

「素直じゃないわね、相変わらず」

「は……？」

「私も、あなたも、アレクも、寂しかった。うん、これだけよ。幸せ云々《うんぬん》の話はややこしくてしょうがないわ」

「……そう、だな」

エルルは微笑むと、ガディの手を取って引っ張った。

「うわっ」

エルルがマリーヌ達に抱きつこうと飛び込むと、勢い余って五人とも体勢を崩し、床に倒れ込んだ。

突然のことに呆然としていたアレクだったが、ふと急に面白くなって噴き出してしまう。

「ふふ……あははっ。変なの」

この状況自体が、昔では考えられなかった。

今となっては行方《ゆくえ》知れずの父との関係は、何も変わらなかったけれど。

何だか凄く、変な景色を見ている気がした。

「はは、そうだな」

「うん、何だか、おかしいわね」

笑えば自然と涙が出てきた。

笑いすぎた涙なのか、嬉し涙なのか、はたまた両方なのか、もうアレクにはわからなかった。

第八話　聖女ミラーナ

アレク達が教会を訪れてから二ヶ月が経過した、秋のある日のこと。

足早に歩く少女を、一人の神父が追いかけていた。

「お待ちください！　ミラーナ様！」

「止めないでください、ハイド神父。わたくしは行かねばなりません」

ハイドの言葉に耳を傾けることなく、少女は廊下を歩き続ける。

少女の艶《つや》やかなブロンドの髪は焦りのせいか乱れ、翡翠《ひすい》色の目は鋭く真剣そのものだった。

このままでは埒《らち》が明かないと悟ったハイドは、小走りで少女の前に回り込んだ。

「一体どうしたというのです！　せめて事情を説明なさってください！」

「……」

「それに、その格好のまま外に出る気ですか」

少女は限られた者のみが身にまとうことが許される、純白のシスター服姿。

教会以外の場所では、人々の注目を浴びるだろう。

行く手を阻《はば》まれた少女は、不機嫌そうにハイドを見上げた。無表情でありつつも、冷静な声で返答する。

「わたくしは英雄学園に行かねばなりません」

「ですから、なぜ？」

「英雄学園に魔の者の気配を感じます。早急に対処せねばなりません」

「なら、国王様に連絡を取って騎士に……」

「わたくしの力は完全ではありません。はっきり言ってしまえば、〈気配察知〉の精度は低く、ほとんど外れてしまいます。そのようなあてずっぽうで、陛下の御手を煩《わずら》わせるわけにはいきません。しかし、当たる可能性が少しでもあるなら、わたくしは行かねばならないのです」

「どうかあてずっぽうとなどおっしゃらないでください。わかりました。ですが、せめて護衛を連れて――」

「それでは」

「あっ⁉」

畳みかけるように言い切ったかと思えば、少女はその場から姿を消してしまった。

そう、文字通り消えてしまったのだ。

「し、しまった……！」

「ハイド伯父さーん、ご飯……あれ？　どうしたの？」

サージュがやってきて、愕然としているハイドを不思議そうに見つめる。

ハイドは真っ青な顔で振り向いた。

「さ、サージュ君。しまった」

「どうしたの……」

「ミラーナ様が、護衛をつけずに英雄学園に行ってしまわれた!!」

「ええっ!?」

サージュは驚きのあまり大声を出し、ハイドに詰め寄る。

「どうしてちゃんと見てなかったのさ!?」

「透明化の魔法を使われたんだよ……」

「あーっ、もう!!　探しに行かなきゃ」

「サージュおにいちゃーん！」

サージュが駆け出そうとした時、小さな子供達がサージュのもとへやってくる。

ここの教会で引き取った孤児達は、主にサージュが面倒を見ているのだ。

「サージュおにいちゃん、ごはんは!?」

「ああ、ごめんごめん！　すぐ用意するから。あっ、でもミラーナ様が」

「……私が行ってくる」

「ハイド伯父さんが？」

しおれた顔でそう言うハイドに、サージュは怪訝そうに尋ねる。

「元はと言えば私の失態だ」

「うん、その通りだね」

「……フォローしてくれないのか」

「する必要ないし。俺、こいつら見てるから行ってきてよ」

ちびっこ達を適当にあしらいつつ、サージュが気にも留めない様子でそう言った。

ハイドはそれを悲しく思いつつ、「おう……」と返事をして、着替えるために自分の部屋へ向かう。

「サージュおにいちゃん！　マリーヌさんは!?」

一人の少女にそう問われ、サージュは微笑んで答える。

「母様なら洗濯物干してると思うぞ。手伝わなきゃな？」

「うん！」

(にしても、ミラーナ様が……)

サージュはミラーナのことに思いを馳《は》せ、複雑な表情になる。

できれば今回も気配察知の能力は不発に終わってほしい。当たっていたらと思うとゾッとする。

（ミラーナ様、すぐ見つかるといいけど）

しかし、サージュのその思いが現実になる可能性は低い。

サージュには知る由もないが、運が悪いことに、英雄学園では本日学園祭を開催していた。

普段は外部からの立ち入りを厳しく管理しているものの、今日は外部にも開放している。

結果、ミラーナはあっさりと英雄学園に入ることができたのだった。

◆　◆　◆

英雄学園の学園祭は大賑わいだった。たくさんの人が外部から集まり、笑顔でそれぞれのクラスの催《もよお》しを回っている。

そんな中、アレク達の初等部二年Ａクラスはスープを売り出していた。

教室内にカウンターを設置し、店番をしている生徒は客から注文を聞いてスープを渡す。

店番は交代制で、他のＡクラスの生徒はカウンターの奥にある控え場所にいたり、他のクラスを巡ったりしていた。

「ぶえぇっくしょおい!!」

「うおおっ!?　先生っ、きたなっ!!」

カウンターの奥で控えているアリーシャが遠慮ない大音量のくしゃみをし、隣にいたライアンは思わず飛び退いた。

「しょうがないじゃんっ、寒いんだしずびーーっ」

喋りながら鼻を啜るアリーシャを横目で見ながら、ユリーカは、はあーっと大きなため息をつく。

「先生……私達の出し物は食べ物です。くしゃみや鼻水は控えてください」

「うん、ごめん」

真面目なユリーカの意見に、即謝るアリーシャ。

「そろそろ交代の時間じゃないかしら」

「といっても、もう終わりそうだぞ？」

ライアンとユリーカの目は、スープを配るアレク達に向けられていた。

「はい！　銅貨四枚、受け取りました！」

「スープです、どうぞ～」

キビキビとした動きで代金を受け取るアレクの横で、シオンがほんわかと笑いながらスープを差し出す。

対照的な二人だが、温かいスープを目の前にしたお客達の興味はそちらに釘付けだ。

今日は少し寒かったせいか、飛ぶように売れている。

「あっ、アレク君！　もうスープがないよ」

「そうなの？　すみませーん！　完売しましたー！」

アレクの言葉に不満げな声が上がるが、お客達は仕方なく残念そうに去っていく。

その様子を見てアレクは苦笑した。

「あはは、もっと作っとけばよかったね」

「うん……申し訳ないや」

しゅん、とするシオンに、一人の少女が声をかける。

「落ち込むことなんてないよ。凄く美味しかったし、皆喜んでいたもの」

「！　エリーゼちゃん！」

「エリーゼ！　そっか、エリーゼはさっき食べてたね」

一つ下の学年の後輩であるエリーゼに励まされ、シオンは恥ずかしそうに顔を赤らめる。反省点を聞かれていたことに対する恥ずかしさだろうが、エリーゼはそんなことなど気にしていない。

「売上好調みたいね、アレク」

「うん！　たくさん売れたよ」

「……帳簿、見てもいい？」

「ダメ」

合計金額は内緒だ。どうせこの売上金は後々学園に渡すので、アレク達が貰えるわけではないが。

「そっかぁ。残念。じゃあ、またね」

「もう行くの？」

「他にも行きたいとこあるし。初めての学園祭だから、いろいろ見たいの。じゃあね」

エリーゼが教室から出て行った後、アレク達の召喚獣が戻ってきた。

「偵察、行ってきたわよ」

「クリア！　それにみんな、おかえり！」

クリアは偵察大成功といったいい笑顔で、アレクに報告する。

「一番の売上を誇るのは私達のクラスみたいね。他のクラスが、この後どう動くかわからないけど……」

「ありがとうクリア！　リル達も！」

実は今回の学園祭でも、学年で一番の売上を出せたクラスが、学園長から欲しいものを一つだけ貰えることになっていた。

アレク達のクラスは、人数分の文具を頼もうと決めている。

『親さまー！　撫でてー！』

「うん、おいでサファ」

無邪気に擦り寄ってくるサファの背中を撫でて、アレクはリルに顔を向ける。

リルは先ほどからキョロキョロと辺りを見回していて、落ち着かない様子だ。

「どうしたの？　何か気になる？」

「いや……」

アレクは首を傾げるが、リルは「なんでもない」と否定するだけだった。

「アレク、もう少しで初等部の出し物の時間が終わるって！」

「ライアン」

声をかけられて振り返ると、笑顔のライアンにそう告げられた。きっと、アリーシャに時間を教えてもらったのだろう。

「このまま行けば一番だぜ！」

ライアンが有頂天になりながらそう言ったのを聞いて、アレクに嬉しさがこみ上げる。

しかし、ライアンの腕の中にいた召喚獣のタイショが主を見上げて口を開いた。

「いや、ライアン。まだわかんねぇぞ」

「……ほんとか？」

「うん！　だって隣のクラスと僅差《きんさ》だったし」

「嘘だろ⁉」

「下手したら追い抜かれるぞ！」

「ええええええ⁉」

タイショにそう言われ、ライアンは思わず声を上げた。

「だからもっと価格を高くすればよかったんだ！」

「そしたら売れなくなるじゃねぇか！」

わあわあと言い合いを始めたライアンとタイショの間に、ユリーカの召喚獣であるオルタスが割って入った。

「喧嘩はやめろ」

「「だって!!」」

「うるさい」

背後からライアンとタイショに向けて、チョップをくらわせるユリーカ。

頭を抱えて悶絶《もんぜつ》する二人に、ユリーカは言い放つ。

「別に、一番じゃなくてもいいでしょ。お客さんに楽しんでもらえればいいのよ。学園長からのご褒美なんて、おまけみたいなものだわ」

「ユリーカ、大人だねぇ」

「キュキュッ!」

シオンが感心してユリーカを見つめ、それに同意するように、シオンの召喚獣であるスキャリーも一鳴きした。

「はい! 初等部の出し物は終わりー! 皆、好きなもの見てきていいよ!」

アリーシャの掛け声で、Aクラスの生徒達は教室からそれぞれ出ていく。

「私達も行こう!」

「うん!」

ユリーカにそう言われ、アレク達も他の出し物を巡るため、歩き出した。

「えーっと、じゃあまず飯だ！」

「そうだね！　お腹すいたや」

ライアンの言葉にアレクが同意し、ユリーカとシオンも頷いた。

四人と召喚獣達が食べ物を販売しているクラスに移動しようと廊下に出た時——アレクの横を、純白のシスター服を着た少女が通り過ぎた。

廊下には学園祭の出し物のために仮装した生徒が数多くいるが、その中でも少女は大分目立っている。生徒達は衣装に着られている感がある一方で、少女にはあまりにもシスター服が似合っていて、全く違和感がなかった。

凛《りん》とした少女の顔をアレクはチラリと見たが、彼女は気づくことなくその場を後にする。

「アレク君？　どうしたの？」

シオンが首を傾げて尋ねてきた。

「……いや。さっきの人、綺麗だったなって」

「さっきの人？」

「シスターさんかな？」

「あっ！　あの人かぁ！」

シオンもどうやら見ていたらしい。パァッと笑顔になって、何度も頷く。

「そうだよね！　私とスキャリーも綺麗だねって話してたの！」

「キュキュ！」

シオンとスキャリーは興奮した様子で、瞳をキラキラと輝かせている。きっと憧れの対象なのだろう。

アレクからすれば、少女は確かに綺麗であったが、特別美人というわけではなかった。

どちらかといえば、エリーゼのほうが整った顔立ちをしている。

ただ、少女はまとう空気が洗練されていた。あの少女のそばにいるだけで、ピンと背筋が伸びる心地になりそうだ。

「アレク。さっきの者は」

どうやらリル達も気になっているようだ。

「誰だったんだろうね？」

アレクは足元にいるリルに首を傾げる。

「アレク君もシオンも、早く行きましょう」

「俺、もう我慢できねぇよ！」

どうやらユリーカとライアンは少女に気づかなかったらしい。

急《せ》かすような声が聞こえてきたため、「うん！」と返事をして、アレクとシオンは二人を追いかけた。

その後ろを、少し遅れてアレクの召喚獣達が続く。

『ねえ、リルにクリア』

「なんだ」

サファが念話で声をかけると、リルがぶっきらぼうに答える。

『気づいた？』

「……お前もか」

「私は聖霊だから、さすがに気づくわよ」

そう言われ、サファは二人に目配せをした。

『やっぱりー？　あの人、加護持ちだよ』

「それも、浄化系の力ね」

「やはりあやつは……聖女、だろうな」

すると、前を歩いていたアレクが足を止めて振り返り、何かを話しているらしい召喚獣達に声をかける。

「何してるの？」

だが、サファは何事もなかったようにアレクに飛びついた。

『ううん、何でも！』

アレクはサファを抱きかかえ、顔を覗き込む。

「サファ達もお腹すいたよね？」

『うん！』

「肉が食べたいぞ。肉」

リルのリクエストに微笑み、アレクは再び歩き出そうとする。

「行こうか」


高等部の教室で食べ物を買ったアレク達は、学園の中庭に足を運んだ。

中庭にはベンチがあり、座ってゆっくりできるので、多くの生徒達が集まる。

普段は生徒達が談笑する賑やかな中庭だが、今は様子が違った。

「おいおい、何だ？」

「揉めてるらしいぞ」

「？　なにあれ」

アレク達が中庭に着くと、生徒達がざわざわとしていた。

何やら誰かが揉めているらしい。少し先のところに人だかりができている。

「……」

「あっ、リル!?」

突然リルが人混みに突っ込んでいってしまったため、慌ててアレクが追いかける。

「すみません、すみません」と謝りながら人をかき分け、リルを捕まえた。

「どうしたのさ！」

「あれを見ろ」

「あれ？」

リルの視線の先を見て、アレクはギョッとした。

「お前、私に何の用なのだ？」

「あなたからは、邪悪な気配を感じます」

一人は、聞き慣れた声。

人だかりの中心にいたのは、エリザベスであった。いつの間にか、エリーゼからエリザベスに人格が入れ替わったらしい。ダークグレーだった髪は漆黒に、瞳は真紅になっている。

そのエリザベスと睨み合っている——というより、彼女を一方的に睨んでいるのは、先ほど見かけたシスター服の少女であった。

翡翠色の目を細め、エリザベスにはっきりと告げる。

「あなた、人間ではありませんね？」

「……さぁね」

生徒達には公表していないが、エリザベスは吸血鬼と人間の混血児だ。

あえてはぐらかしたのは、周りに人がいるからだろう。

シスター服の少女は懐《ふところ》から十字架のネックレスを取り出す。

「人間に仇《あだ》なす脅威は、この国の聖女として取り除かせていただきます」

「ほう。聖女様か。ご立派な身分だな」

まさに、一触即発。

エリザベスも警戒の構えを取った、その時だった。

「あれ？　何やってんだエリザベス」

空気を読まない、脳天気な声が聞こえてきた。

アレクが振り返ると、声の主はライアンだった。人混みの中、アレクを追ってきたらしい。

ライアンは、他の生徒達の注目も集めていた。

結果的に、彼の近くにいるアレク、ユリーカ、シオンにも視線が集まる。

サーッと顔を青くし「すみませんでしたっ！」と叫んで、即座にライアンを連れて引っ込むユリーカ。

それにシオンが慌ててついていき、アレクも後を追おうとする。

しかし、「待って!!」というシスター服の少女の叫び声で、アレクは思わず足を止めた。

「そこのあなたです。金髪の」

どうやらご指名のようである。

ぎこちなく振り返れば、少女の目線は胸元のリルに向けられていた。

「その狼は……フェンリルですか？」

「あー……えー……はい」

「なぜあなたがフェンリルを？」

「その、召喚獣です」

「フェンリルが？」

驚いた表情の少女に、アレクは何と反応すればいいのかわからない。

そうこうしているうちに、気づけばエリザベスの姿が消えていた。どうやら逃げてしまったらしい。

「アレク！」

『親さま！』

クリアとサファが追いつき、アレクのそばにやってくる。

その光景を見て、少女の目がさらに見開かれた。

「ユニコーンに、聖霊……!?　あなた、何者ですか!?」

「ぼっ、僕はアレクです！　ここの初等部の二年生です！」

「……アレク」

名前を聞いて、少女は「アレク」と何度も繰り返す。

「まさか……いや、彼がこんなところにいるはずない。同じ名前？」

「あのう……」

アレクは早く立ち去りたいと思いつつ、声をかけた。

「失礼ですが、家名を聞かせてもらっても」

「サルトです」

「……違う、か」

どこか納得できない様子で少女は唸る。

すると、クリアが少女に尋ねた。

「あなたこそ誰？　というか、聖女がなんでこんなところに？」

クリアの声がやや大きかったため、先ほどの少女の聖女発言を聞いていなかった人達からもどよめきが起こる。

「聖女……聖女？」

聖女といったら、この国では一人しかいないはず。該当する人物を思い浮かべ、アレクは焦った。

「私は――」

「わ、わかりました!!　話し合いたいので、どうぞこちらへ!!」

「え!?」

多くの人がいるこの場で、少女の正体を明かされるわけにはいかない。

アレクは少女の手を引いて、無理やり人混みを突破した。

「どうしたのですか!?」

アレクは少女の問いかけには答えず、ひたすら走り続ける。

そして人気《ひとけ》のない校舎裏まで来たところで、少女の手を放した。

「わかりました。あなたが誰か」

息を整えたアレクは、じっと見据えて少女に告げる。

「あなたはミラーナ様……この国の第一王女様、ですよね？」

「はい、そうです。わたくしはミラーナ・ロフェ・トリティカーナと申します」

ミラーナ——そう、アレクの婚約者であり、トリティカーナ王国第三王女のシルファの姉である。

アレクはほんの一、二回しか会ったことがなかったため気づかなかったが、どうやら本当にミラーナ王女らしい。

昔、シルファから聞いた話では、幼い頃に聖女としての適性を見出《みいだ》され、主に教会で暮らしているそうだ。

今はムーンオルト家の親族——伯父のハイドが運営しているマーティン教会で暮らしているという話だったが、現在はどうなのだろうか。

ムーンオルト家は落ちぶれてしまったので、別の教会にいるのかもしれない。

「あなたはもしや、アレク・ムーンオルト殿ですか？」

アレクは少し迷ったが、事実を答えることにした。

「……はい。実家を追放された身ではありますが」

「やはりそうですか。シルファから話は聞いています」

それからミラーナは何やら真剣な様子でしばし考え込み、意を決したようにアレクの目をじっと見つめた。

「お願いします。ここの学園長に会わせてください」

◆　◆　◆

ミラーナの頼みを聞き、アレクは召喚獣達と一緒に学園長室へと向かった。

扉をノックすると、「はぁい」と返事が聞こえてくる。

「アレクです。入ってもよろしいですか？」

「あら、アレク君。ええ、どうぞ」

中に入ると、出迎えてくれたのは黒髪の女性の姿をした学園長だった。

学園長はアレクの後ろにいるミラーナに気づき、顔色を変える。

「……お久しぶりでございます、ミラーナ様」

「はい。お久しぶりです、フィース殿」

どうやら二人は知り合いらしい。深々と頭を下げる学園長に対し、ミラーナは幾分《いくぶん》か表情を和《やわ》らげる。

「どうぞお掛けください」

「ありがとうございます。アレク、あなたも隣に」

「ええっ？」

ミラーナにソファの隣に座るよう促され、アレクは面食らってしまった。

シルファ以外の王族の隣になど座ったことがない。不敬にならないだろうか。

国王にはまるで我が子のように可愛がってもらっていたため、敬意を表しつつも多少親しみを覚えて接していたが、ミラーナは今まで関わりのなかった王女だ。

おどおどするアレクに、ミラーナは安心させるように微笑みかける。

「将来の義姉《あね》に対する遠慮はいりません」

「……ハイ」

『あね!?　親さまっ、あねってどういうこと!?』

「静かに」

サファが動揺してわめいたが、それをクリアが押さえ込む。

アレクが恐る恐る腰かけたのをきっかけに、ミラーナは話し始めた。

「わたくしが英雄学園に来たのは、この付近に邪悪な気配を感じたからです」

アレクはそれを聞き、慌てて口を挟んだ。

「し、失礼ながら申し上げますと、エリザベスは邪悪なんかじゃありません！」

その言葉に、「エリザベス……?」と首を傾げるミラーナ。

学園長は事情を察して、エリザベスについて説明する。

「彼女はこの学園の生徒で、吸血鬼と人間の混血です」

「！　では、先ほどの者が……！」

立ち上がろうとするミラーナに、学園長が続ける。

「しかし、悪い子ではありません。吸血鬼は確かに魔の属性を持っていますが、彼女はもう人を害することはありません」

「『もう』ということは、以前はあったということですか!?」

「……少し」

「ではなぜフィース殿はそのような者を野放しにしておくのですか!!　万が一生徒に被害が出れば、取り返しがつきません!!」

声を荒らげて立ち上がったミラーナに、学園長は落ち着いた声で答える。

「その万が一が起こることはありません」

「何の確証があるのですか!!」

大声を上げるミラーナとは対照的に、学園長は冷静に告げる。

「万が一が起こった場合は、私が彼女を処分します。彼女にも、そう伝えてありますから」

「っ……」

処分――アレクにとっては重苦しい言葉だ。

最悪の事態になったらそう対処するのは当然かもしれないが、アレクは無意識のうちにギュッとズボンを握りしめた。

「しかし、私が彼女を処分せねばならないようなことは起こりません。絶対に」

「そんなこと、言い切れないでしょう」

「私が起こさせません。もしそんな事態になったら、私ごと処罰していただいて構いません」

「学園長先生……」

学園長がそこまで言うとは思わなかった。

息を呑むアレクだったが、ミラーナの目は未だに鋭いままだ。

「悪は、許してはならないのです」

「わかっています。ですが、彼女は過去の罪を悔い改めようと生きているのです」

「そのような甘さが、最悪の結末を招きますよ」

「大丈夫です」

しばらく学園長とミラーナは、じっと見つめ合って動かなかった。

アレクはもちろんのこと、リル達も動こうとはしない。

長い沈黙が流れた。

「……わかりました。彼女のことは置いておきましょう。実を言えば、今回私が感じた気配は恐らく彼女のものではありませんので」

納得はいっていないようだが、ミラーナは仕方がないとばかりにそう言った。

学園長は「わかってくれましたか」と笑顔で返す。

「この睨み合い……女とは恐ろしいな……」

「別に女の子だからってわけじゃないと思うけどね……」

身震いしたリルの背中を、アレクはそっと撫でた。

すると、先ほどのミラーナの発言が気になっていたクリアが口を開く。

「聖女様。それで、その邪悪な気配とは？」

「この学園の丁度真下から感じます」

ミラーナは下を指さすと、顔をしかめた。

「何かがずっと暴れ回っているような気配です。何とかしなければいけません。わたくしの力はまだまだ未熟ですので、当たっているかはわかりませんが」

ミラーナの話を聞くと、クリアはしばらく下を見つめて集中していた。

そして何かに気づいたらしく、静かに顔を上げる。

「正解よ、聖女様」

「！　本当ですか⁉」

クリアは悔しそうに言う。

「これに気づかないとは、私の力も鈍《なま》ったものね……確かに放っておくとマズいわ」

「邪悪な者はどこに⁉」

身を乗り出して尋ねるミラーナに、クリアは首を横に振る。

「明確な場所はわからないわ。学園長、地下室はないの？」

「地下室……は、ないわね。そんなもの、作った覚えがないわ」

（……作った？）

アレクはその言葉が引っかかった。

確か、この英雄学園は創立二百年を超えているはず。作られたのは二百年以上前。

（学園長先生って、いくつなんだ……⁉）

といっても、今はそれを聞ける雰囲気ではなさそうだ。

「とにかく、手当たり次第探してみましょうか」

「はい」

学園長とミラーナが立ち上がったので、アレクは二人についていくことにした。

◆　◆　◆

アレク達は学園祭の人混みに揉まれつつ、何かが隠されていそうな場所を片っ端から探した。

今は校舎から出て、普段あまり人が行かない場所を回っている。

「……この倉庫とかどうかしら？」

「入ってみましょう」

ミラーナが同意したので、学園長は倉庫の扉に手をかける。

倉庫はしばらく開けられていなかったらしい。建て付けが悪く、なかなか開かない。

そこで痺《しび》れを切らしたサファが、思い切り扉に向かって後ろ蹴りした。

バァン！　という大きな音とともに、扉が外れて倉庫が開く。

「さ、サファ〜〜⁉」

驚きの声を上げるアレクに、サファは笑顔で飛び込む。

『褒めて！　親さま！』

「いやダメだよ！　壊れちゃったじゃない！」

「大丈夫よ、アレク君。ここは今使ってないし」

学園長がサラリとそう言ったので、弁償は免《まぬが》れそうだ。

そのことにホッとしつつ中に足を踏み入れると、ブワッと埃臭《ほこり》さが鼻をつく。

「ぬおお……耐えられん」

「リル？」

アレクが心配して振り返ると、リルは顔をしかめて後ずさった。

「すまんが、私はここまでだ。外で待っている」

鼻のいいリルには耐えられないらしい。

「じゃあ、僕も一緒に待ってようか？」

「いや……いい。行け」

リルが鼻を前足で押さえつつそう言ので、アレクは素直に頷いて倉庫に入った。

「随分と暗い……」

「ライト」

学園長が魔法を使うと倉庫が明るくなり、驚いたサファが『ギャッ!?』と叫び、辺りを走り回る。

何かに当たったらしく、ドガッシャン！　と物が落ちる音がした。

「サファ？」

『親さま～！　いたぁい！』

「……アレク、あれ」

「え？」

クリアが何かに気づいたらしく、倒れ込んだサファを抱き起こして指をさす。

学園長が魔法で光る指先をそこに向けると、魔法陣が床に描いてあった。

「これは……」

「わたくしにお任せください」

名乗りを上げたのはミラーナだった。魔法陣をそっと指でなぞって、「開け」と口にする。

その直後、魔法陣は眩《まばゆ》い光を放ち、視界が真っ白になった。

「な……」

アレクはあまりの出来事に呆然とする。

光が収まると魔法陣はなくなっていて、代わりに地下へと続く階段があった。

「何をしたんですか!?」

「わたくしの聖女としての力の一つです。魔法に関するものを解析して書き換えられます。といっても、大したことはできませんが。この魔法陣は単純なものでしたので、少しいじっただけです」

「凄い……」

「ミラーナ様、入りましょう」

「そうしましょうか」

学園長はどうやらミラーナの力のことを知っていたらしい。特に動揺することなく、先頭を歩いていく。

地下に下りると、埃臭さとは打って変わり、湿った匂いが漂っていた。

しばらく歩いてたどり着いた場所は、教室くらいの広さの部屋だった。

「ここは？」

「まさか、こんなところがあったなんて。いつ作られたのかしら？」

ミラーナの問いに、学園長も首を傾げる。

部屋は研究室のようなところだった。床にはたくさんの本が積み上げてあり、書類が散らばっている。

ただ一か所だけ不自然に何も置かれていない場所があり、その中心に一冊の赤い本が置いてあった。

アレクがそれを手に取って開いてみると、短い文が書かれていた。

『ここへ来た者へ。目的がないなら早々に立ち去れ。この先には、触れてはならないものがある。封印が解かれれば、世界に災厄が訪れるだろう』

「ガブリエル・ダニエル……」

恐らく、その本の著者であろう。ページをめくってみるも、その先には何も書かれていない。

「封印って――」

「アレク、見て」

クリアに呼ばれて、アレクは赤い本を手にしたまま駆け寄った。

「これ見て」

差し出された書類を受け取り、目を通していく。

「これは……」

「とある一匹の魔物……というか、ドラゴンについて研究されている」

そこには、黒い一匹のドラゴンが描かれていた。

ドラゴンの生態、どこから現れたか、どんな能力があるのかなどが細かく書き記されている。

ここから読み取れるのは、「人間は太刀打ち不可能」ということだけ。

「アレク君。進むわよ」

「あ、はい」

学園長に従い、アレクはその先へ進む。

しばらく歩いた先は行き止まりで、地面に大きな魔法陣が描かれていた。

「ではわたくしが……」

「待って」

ミラーナを止めたのはクリアだった。

「これに触れたら、駄目よ」

「あの……？」

戸惑うミラーナに、クリアは鋭い声で告げる。

「ここはさっきの書類に書かれていた、黒いドラゴンが封印されている場所」

「!?」

「ドラゴンが……」

ミラーナが目を見開き、アレクも驚きを隠せなかった。

魔法陣を見たサファは怯えてしまい、アレクの足に擦り寄ってくる。

アレクはサファを抱き上げ、安心させるように背中を撫でた。

「どうやら封印が解けかかっているみたいね」

「で、では」

魔法陣をじっと観察していたクリアは、ミラーナに向き直って頷く。

「そうね。聖女様、協力して封印の術を施《ほどこ》しましょう」

「っ、はいっ」

それからミラーナはクリアと何やら話し合いを始めた。

アレクにできることはなさそうなので、学園長のそばに寄って声をかける。

「何か、嫌な感じがしますね」

「そうね。ここにいると、寒気がする」

学園長はそう言って、自分の肩を抱いた。

「あ、あの、学園長先生。さっきの本で――」

『親さま!!』

アレクの言葉を、サファが思い切り遮った。

「サファ？」

『逃げよう!!』

「えっ!?」

いきなり何を言い出すのかと戸惑うアレクをよそに、サファは飛び回って警告する。

『ダメだよ、クリアも!!』

「サファ……？」

『間に合わない!!』

サファがそう言った瞬間だった。突然、大きな揺れがアレク達を襲う。

「キャアッ!?」

「っ、これは!! アレク君!! ミラーナ様に、サファとクリアも!! 掴まって!!」

学園長の鋭い声が飛び、アレクは何が何だかわからないまま彼女の手を握る。

目の前の景色がくるりと変わったことにより、瞬間移動して外に出たことがわかった。

ひどい地震とともに地割れが起きて、何かが地下から飛び出してくる。

「ガァアアアアアアアアッ!!」

「……うそ……」

アレクは目の前の光景が信じられず、呆然とつぶやいた。

地中から現れたのは――黒いドラゴンだった。

「っ、マズイっ……」

黒いドラゴンが突如姿を現したことにより、人々から悲鳴が上がる。

ドラゴンはまるで獲物を狩ろうとするような、愉悦に浸るような表情で、ニィと笑ってみせた。

「わたくしが止めます!!」

「ミラーナ様!?」

バッと駆け出したミラーナを学園長が慌てて止めようとするも、それをすり抜けてミラーナはドラゴンの足元へ向かう。

そして、呪文を唱えた。

「光よっ、かの者を浄化せよ！」

ジュッと何かが焼ける音が響き、ドラゴンの足が光に覆われる。

しかしドラゴンは鬱陶《うっとう》しげにそれを一瞥《いちべつ》した後、ミラーナに向かってハエを振り払うように爪を振り下ろした。

『ぬあぁああ～っ！』

だが爪が直撃する寸前、大きくなったサファがツノで食い止める。

押し戻そうと必死に抵抗したものの、サファが力負けして地面に転がされた。

『わあっ!?』

「ゆ、ユニコーンさん!!」

遠くにすっ飛ばされたサファに、ミラーナが焦って叫ぶ。

ドラゴンの標的はミラーナのままだ。

「クリア!」

「ええ……!」

アレクとクリアが息を合わせ、氷の魔法を使ってドラゴンの右前足を固める。

ドラゴンの動きが一瞬だけ止まった隙に、学園長がミラーナを連れて遠くに離れた。

「放してください!! わたくしは聖女としてっ……」

「あなたは王女です! この国を担《にな》う王族なのです! あなたをここで失うわけにはいきません……! それに」

氷を割って暴れ回るドラゴンを見て、学園長はひどくつらそうな顔をする。

「あのドラゴンは、英雄エルミアが封印したドラゴンと似ている……」

学園長の言葉を受け、ミラーナも表情を険《けわ》しくした。

「……先ほどの部屋で見ました。あれはディザスターという魔物。魔の属性を持つ者だと」

「私には生徒を守る義務があります。私がドラゴンを足止めしますから、ミラーナ様は生徒達を避難させてください」

「フィース殿!!」

学園長はミラーナを置いて行ってしまった。

そんなミラーナのそばに、先ほどすっ飛ばされたサファが近づく。

『僕も足手まといみたいだ。ほら、背中に乗って。生徒を避難させよ』

「……わたくしは、聖女なのに」

サファは悔しそうに唇を噛むミラーナに背中を向けたまま、優しく言葉をかける。

『聖女だからって、何でもできるわけじゃないよ』

「あの時だって……」

『お姉さんに何があったかは知らないよ。だけど、お姉さんばかりが悪いわけじゃないさ』

「……」

ミラーナはまだ何かを考え込んでいたが、今は生徒を避難させるのが先だ。

『さあ』

「あっ」

サファはツノでミラーナを押し上げ、背中に乗せる。

そうして移動している間、ミラーナは昔のことを思い出していた。

◆　◆　◆

ミラーナには幼い頃、召喚獣がいた。

とても可愛い小さな犬の召喚獣。可愛らしいその子とミラーナは、とても仲が良かった。

聖女として初めて魔物に会った時、魔物はミラーナに助けを求めてきた。

もう悪さをしないから、助けてほしいと。

ミラーナは戸惑ってしまった。

邪悪なものは消し去らなければならない。しかし、魔の属性を持つ者でも、悔い改めるなら命を奪う必要はないのではないか。

その迷いがいけなかった。

隙を見せたミラーナを魔物が食い殺そうと牙を剥いた時、庇ってくれたのは召喚獣だった。

召喚獣はミラーナの代わりに死んだ。

そこでミラーナは学んだのだ。

悪は決して許してはならないと。

ならない、のに。

◆　◆　◆

「わたくしには、悪を裁く力がありません……」

ミラーナはサファの背で、そうこぼした。

『お姉さん』

「何が聖女でしょうか」

悲しげに言うミラーナに、サファは尋ねる。

『お姉さんは、治癒魔法は使える？』

「……？　はい」

『じゃあさ、みんなを治しに行こう。親さまも治癒魔法が使えて自分は大したことないって言ってたけど、みんなが使えるわけじゃないんだよ』

「そうなのですか？」

『だから、助けに行こう』

サファはミラーナを振り返り微笑みかけると、生徒達のいる方へと駆けていった。

◆　◆　◆

地震が起こる少し前のこと。ライアン達は、どこかに姿を消したアレクを捜していた。

「アレクー！」

「あわわ、私達が先に皆から逃げちゃったからかなぁ？　どこにもいないや」

「申し訳ないことしちゃったわね……」

ライアンの呼びかけも虚《むな》しく、返事はない。

シオンとユリーカは、あの人混みの中からライアンを連れて先に立ち去ったことを反省していた。

「ううーっ、ごめんアレク！　俺のせいで」

「あれはライアンが悪いぞ！」

ライアンの召喚獣であるタイショもガウッと一鳴きし、それにオルタスとスキャリーも同意した。

「まあ、本人に会ったら謝りましょう」

ユリーカはそう言って、皆と一緒にアレクを捜し続けた。

しばらく歩き回り、疲れたので中庭に続く道にあるベンチで休憩することにする。

「あの、すみません」

「……？　はい」

そこに、神父の格好をした中年の男性がやってきた。

神父は困り顔でユリーカに尋ねる。

「ブロンドの髪に翡翠色の瞳をした、真っ白なシスター服を着た少女を見ませんでしたか？」

「すみません、見てませ……」

「あ！」

そこで声を上げたのはシオンだった。

「私、み、見ました」

「本当ですか!?」

神父はシオンに向き直り、驚きの声を上げる。

「は、はい。でも、結構前だから……」

「どこで見ましたか？」

「私達の教室、初等部二年Aクラスの前です。でも、あの様子だとその人は校舎の外に出たのではないでしょうか……」

「そっか……はぁ、道のりは長いなぁ」

神父は汗を拭ってため息をついた。

「おじさん！　捜してる人って、シスターさんなのか!?」

ライアンがそこで興味を示したらしく、神父に尋ねる。

「ライアン……」とユリーカが呆れた目を向けるが、神父は特に気にした様子もなく、優しく微笑んだ。

「ええ、そうですよ。教会の仲間なのです。はぐれてしまいまして」

「そうなのかー。よしっ！　俺達も捜す！」

「えっ！　い、いいのですか？」

英雄学園は広い。手伝ってもらえるならありがたい話だ。

「おうっ！　それに、俺達も捜してるし！」

「人を？」

思わぬ偶然に、男性が驚き目を見開く。

「ああ！」と返事をして、ライアンが捜している人物の特徴を述べる。

「金髪に金の目の、アレクっていう奴！」

その言葉を聞き、神父が一瞬、動きを止めた。

「……ひょっとして、アレク君の友達？」

「え？」

「その友達って背が低い？　家名はサルト？」

「！　そうです！」

神父に言い当てられ、ライアンの隣にいたシオンが驚きつつ答える。

「そのアレク君はね、私の甥っ子なんだ」

「……え」

「えええええ⁉」

「あ、アレクの伯父さん⁉」

「ああ」

ニコニコして言う神父に、シオンに続きライアン、ユリーカもひどく驚いた。

アレクの親族など、ガディとエルル以外に聞いたことがなかった。

「私はハイド。マーティン教会で神父をやっているよ」

「俺はライアンです！」

「私はユリーカです」

「し、シオン、です」

「……うん、よかったよ。甥っ子の友達がみんないい子そうで」

ハイドが穏やかにそう言った時、するりと銀の毛の塊がハイドに擦り寄った。

「わあぁあっ⁉」

ハイドは驚き、思わず身をよじる。

「……アレクの匂いがする」

「リルじゃない」

アレクの召喚獣である、フェンリルのリルだった。

スン、と鼻を鳴らしてハイドに擦り寄る様子を見て、オルタスが意外そうな顔をする。

リルがこんな風に人に懐くことはあまりないからだ。

「キュー？」

スキャリーがリルに近づき話しかける。

「なに？　アレクとははぐれたわけではないぞ」

「キュッキュ！」

「臭いがキツくてな。よくあれを耐えられるものだ」

「ギュー？」

「そうだ」

スキャリーとリルが何やら話しているが、シオン達には全く理解できない。

「ええと……リルちゃん、どうしたの？」

ユリーカは事情を聞こうと、身を屈めてリルに問いかけた。

「アレクはあの後、ミラーナと学園長と一緒に倉庫に入ったのだ」

「ミラーナ？　誰？」

「それに倉庫？」

「うむ。実はな――」

リルが話し始めたその時、突然、地震が発生した。

あちこちから悲鳴が上がり、生徒達は混乱に陥《おちい》った。

身動きが取れなくなる中、地割れが起き、何人かの生徒達が呑み込まれそうになる。

すかさずリルが本来の大きさになり、生徒達を背中で受け止めて助け出した。

「あ……？」

「お、狼？」

「早く逃げろ」

リルは生徒達を降ろして、その背をくいっと鼻で押す。

生徒達は何が何だかわからぬまま、その場を離れた。

そして、次の瞬間。

「ガァアアアアアアアアッ!!」

ドラゴンが姿を現した。

「な、ななっ、何だあれぇ!?」

「ドラゴン……!?」

ライアンとシオンが戸惑う中、ユリーカは冷静に判断する。

「とにかく逃げなきゃ！」

そこで小さな体だったタイショが本来のサイズに戻り、「乗れ!!」と大声で言う。

ライアンはタイショにシオンとユリーカを乗せ、ハイドに向き直る。

「おじさんも逃げてくれ」

「君はどうするんだい？」

「俺は……あれを片付けるのを手伝う」

ライアンが指さした先では、小型のドラゴンがうろついていた。どうやら先ほどの黒いドラゴンと一緒に出てきたらしい。

リルは小型ドラゴンに向かい、威圧を放っていた。

「なら私も……」

「おじさん、戦えるか？」

「……残念ながら、魔法は聖属性しか持っていないな」

「じゃあ、怪我人を助けてやってくれ」

「私もライアンと一緒に行く！」

名乗りを上げたのはユリーカだった。タイショの背中から降りようとするも、ライアンが「ユリーカ」と声をかけて止める。

「俺は聖属性、使えないんだ。ユリーカなら使えるだろ？」

「でも、私も戦える！」

「安心しろって。俺、父さんに鍛えられてるから」

ニッと笑ってみせるライアンに、ユリーカは何も言い返せなかった。

「タイショ、行け!!」

「了解っ!!」

「ライアン！　ライアーン！」

タイショが物凄いスピードで走り出したため、ユリーカは降りることができない。

それでも何とか飛び降りようとするが、シオンに腕を掴まれた。

「ユリーカ、やめよう！」

「シオンっ！」

シオンはユリーカに責めるような目を向けられたが、静かに言い聞かせる。

「怪我してるでしょ？」

「……」

「この前の授業で、足を痛めてたよね？」

「それは……」

ユリーカは、学園祭前の実技の授業で足を負傷していた。大した怪我ではないものの、この状態で実力を発揮できるかといえば、それは難しい。

「私達、邪魔になっちゃう。私はほんと、何もできないけど……ユリーカには、できることがあるもの」

「そんなっ」

「大丈夫、ライアンは凄いもん！　信じよう」

シオンは努めて笑顔を作り、ユリーカを元気づけようとした。

「そんなの……」

項垂《うなだ》れるユリーカに、腕の中にいたオルタスが声をかける。

「なら、私が行こう。私が主の代わりとなる」

気持ちの整理はつかないが、シオンの言うことはもっともだ。

ライアンの援護はオルタスに頼み、自分は自分にできることをしたほうがいい。

そう考えたユリーカは、オルタスに言う。

「……お願い、していい？」

「承知した」

オルタスはタイショの背中から降りると、本来の大きいサイズになり、ライアンとリルのいる場所に戻っていった。

オルタスが近づいていくと、小型のドラゴンを噛み殺すリルの姿が見えた。

「リル」

「お前も手伝え」

有無を言わせぬ威圧。

普段は感じられない威厳にオルタスはゴクリと喉を鳴らして、「ああ」と頷いてみせた。

◆　◆　◆

黒いドラゴン――ディザスターは学園の敷地を踏み荒らし、木々をなぎ倒していった。
学園長は怒りに眉を吊り上げ、ディザスターに向かってどこからか取り出した弓を構える。

「私の学園にっ……何するの!!」

ビィン！　と勢いよく弾かれた矢は光を放ち、ディザスターの足元に突き刺さる。

かなり大きなダメージだったらしく、ディザスターは叫び声を上げて崩れ落ちた。

「が、学園長先生、凄い…………」

「さすが、というところかしら」

呆然とするアレクに対し、クリアはさも当然、といった反応だった。

アレクは学園長の魔法を何度か目にしているが、こんなにも凄かったのかと改めて思う。

しかしディザスターは早くも体勢を立て直し、アレクに向かって火を噴いた。

「っ、おりゃあっ！」

アレクは咄嗟に水魔法を発動して水圧で押し返そうとするも、ディザスターのブレスの威力はかなり高く、チリチリとアレクの頬が焼かれていく。

「アレク！　このっ」

それを見たクリアが、ディザスターの頭部を凍らせる。

火を噴けなくなったディザスターは混乱のまま、アレクに爪を振り下ろした。

「アレク!!」

アレクがやられてしまった——そう思いクリアは焦ったが、どうやら大丈夫らしい。

爪に切り裂かれる前に、アレクを助けた人物がいた。

「兄様……！　姉様！」

「俺の大切な弟に手を出すなっ!!」

ガディが怒りの咆哮《ほうこう》を上げ、短剣を振り下ろした瞬間、剣の柄《つか》に取りつけられた青い魔石がキラリと光った。

その直後に短剣から出た青い斬撃が、ディザスターの腕をザンと深く切る。

「に、兄様……」

「大丈夫か？　アレク」

ガディはディザスターと対峙したまま、ちらりとアレクに視線を送る。

「うん。僕は大丈夫」

「グァアァアッ!!」

「チッ……がーがーうるさいな」

ガディがディザスターに向けて、不機嫌に言い捨てた。

兄の実力を知らなかったわけではない。

しかし、こうも手慣れた様子で戦っている姿は、アレクを溺愛する普段の兄姉からはかけ離れていて、とても違和感を覚えるものだった。

「ガディ、離れて」

「エルル」

「フレイムタワー！」

大きな火柱がディザスターを包んだかと思えば、一気に爆発した。

ポカンとするアレクとクリアをよそに、エルルは涼しい顔をしている。

攻撃魔法なら、きっとエルルはアレクの腕を超えているのだろう。

しかし。

「ガァア‼」

ディザスターは鬱陶しげにその炎を振り払った。ダメージがないのか、焦げた痕《あと》すらない。

「やっぱりね……あいつ、炎は効かないみたい」

つまらなそうに言うエルルに、学園長の鋭い声が飛んでくる。

「木属性の魔法を使って‼　あいつにも多少は効くわ‼」

「……了解。アレク！」

「うん！」

エルルに呼ばれ、アレクは姉の隣に並ぶ。

そして同時に木の魔法を放った。

地面から太い木の根が生え、ディザスターの体を突き刺す。

さらには枝で尻尾を絡め取り、運動場の端まで投げ飛ばした。

「まだまだ……！」

畳みかけるように、エルルが短剣を構えた。

ガディとともに、トドメだとばかりにディザスターの胸元へ深く突き刺す。

「……」

しかし――短剣はなぜか、ディザスターの体に吸い込まれた。

「は……!?」

戸惑う二人に、学園長は叫ぶ。

「二人とも!! 今すぐそこから離れなさい!!」

しかし、遅かった。

吸い込まれたはずの短剣は、反転してディザスターの体から射出され、二人の胸に突き刺さる。

「がっ」

「あうっ」

血を吐き、地面に倒れる二人に、アレクが叫ぶ。

「にっ、兄様ーーー!! 姉様ーーー!!」

二人に駆け寄ろうとした時、パキッと木を踏み締める音が聞こえた。

ハッと音がした方に目を向ければ、逃げ遅れた生徒が目に入る。

「あ……あ……」

生徒に気づいたディザスターが、標的を変えた。

学園長はディザスターに矢を放ったが、その矢も体に吸い込まれる。

「っ、マズいっ、逃げなさい‼」

その時、学園長の姿が大きく変わった。

緑がかった金髪に、澄んだ瞳。

一瞬にしてその姿になった学園長は、生徒達に駆け寄り魔法を展開する。

しかし、学園長が張った緑色の結界はディザスターの爪によって破壊され、学園長は肩から腰にかけて大きな裂傷を負った。

「が、学園長、先生」

逃げ遅れた生徒は学園長に手を伸ばし、そう声をかけた。

「大丈夫。大丈夫、だから」

「腰が……」

どうやら生徒は腰が抜けてしまったらしい。

立てないままの生徒を見て、学園長は頭を悩ませる。

(このまま私がここを離れれば、ガディ君とエルルさんが……二人は激痛で、治癒魔法だってままならないはず)

治癒魔法は極度の集中を必要とする。あの深傷《ふかで》では使うことなどできるはずがない。

瞬間移動を使い、逃げ遅れた生徒やガディ達を連れて一度この場を離れることも考えたが、すでにかなりの魔力を消耗してしまっている。そんなことをすれば、魔力切れで戦線に戻れないだろう。

学園長が逡巡《しゅんじゅん》していると、ガディとエルルの細い声が聞こえてきた。

「行けっ……学園長」

「私達は、死なない」

振り向くと、ガディとエルルが痛みに耐えながら、真っ直ぐに学園長を見て強い意志を示していた。

「わ、わかったわ‼　少しの間、ここを離れる‼」

学園長は動けない生徒をおぶり、安全な場所まで避難させるべく駆け出した。

一方、兄と姉の惨状を目の当たりにしたアレクは、放心状態で動けずにいた。

「アレク……！」

クリアに呼ばれて我に返り、ガディとエルルに目を向ける。

二人は苦渋の表情をしながら、なんとか立ち上がろうとしていた。

それをディザスターが狩ろうと、襲いかかる。

「兄様‼　姉様‼」

慌てて木の魔法を使い、ディザスターの動きを食い止める。

ディザスターはそれをものともせず、あっけなく木を引きちぎりアレクに標的を変えた。

あまりに早い動きだった。

噛み殺そうと迫りくるディザスターの鋭い牙に、アレクは反応できない。

「アレク……！」


ガッ！


体に襲いかかるはずの痛みがない。

アレクがゆっくり目を開けると、水色の長い髪が映った。

「……クリア!?」

「ぶ、じ？　アレク」

クリアが身を挺《てい》して庇《かば》ってくれていた。顔色は悪く、息も苦しそうだ。

彼女はアレクに大きな傷がないことを確認すると、どこか安心したような顔をして……

パンッと、氷のごとく体が砕け散った。

「く……り、あ」

クリアが。

クリアが、死んでしまった。

そのことに放心するアレクに、ディザスターの爪による容赦ない一撃が放たれる。

「うああっ！」

「「あ、アレク‼」」

やられた。

学園長が先ほど食らったような、大きな裂傷。

そこがひどく熱くて、痛かった。

「アレク……‼　く、ああ‼」

ガディとエルルは無理やり立ち上がり、アレクのもとへ行こうとする。

しかし二人が胸に負った傷は致命傷だった。

（くそっ……くそっ、くそっ‼　痛みのせいで、全然治癒魔法が成功しねぇ……‼）

（アレク、アレク‼　アレクが死んじゃう……‼　ダメ、それだけは‼）

アレクの頭は混乱していた。

大好きな兄と姉が、死にかけていて。

友達だった聖霊が、死んでしまって。

もしかしたら、自分も死ぬかもしれなくて。

（どうすれば……どうすれ、ば？）

遠ざかる意識の中、ディザスターが笑っている気がした。

◆　◆　◆

「――あれ？」

アレクは、真っ白な空間に立っていた。

目の前には、白い靄《もや》がいて。

いつもの夢の中だろうか。

「このままじゃ死んじゃうね」

「そっ、そうだ!! 兄様と姉様が……!! それに、クリアも……!!」

「……君さ、自分のことを心配しなよ。君の生まれた本当の意味も、約束も、覚えていないようだから仕方ないけどさ」

「そんなのどうだっていい!!」

白い靄の意味深な発言に、普段なら追及の一つや二つ、していたのだろう。

しかし、今はそれどころではないのだ。

「戻らないと!! 兄様と姉様を助けられるのはっ、僕だけだ!!」

「……はぁ。なーんで君は、昔っからそうかねぇ。ほんっとに、仕方のない子なんだから」

呆れるような、それでも少しだけ嬉しそうな靄の言葉を聞き、アレクは焦れったく感じる。

文句を言おうとしたその時、靄から意外な発言をされた。

「私が力を貸せば、君達は助かるよ」

「本当に!?」

「ああ。だけど……私の力を使えば、これから待っているのは相当つらい日々だよ。本当に……本当に、大変な思いをするだろうね」

「そんなこと、どうだっていい!! 今やらなきゃ、みんな死んじゃう!!」

「そうだね……うん。その通りだ」

コクリと頷き、靄が晴れて一人の男が現れる。

真っ白な、本当に真っ白な男だった。

しかし、鮮烈に印象の残るその瞳だけは、全ての色を集めたがごとく虹色に輝いていた。

「力を、貸してあげる」

◆　◆　◆

バサリと大きな羽音がした。

ドラゴンの羽ばたく音。

黒の羽がまるで悪魔の羽のように大きく広がるのを見て、エルルは咄嗟に木の魔法を展開する。

気絶したアレクにトドメを刺そうとでもいうのか。

近づこうとするディザスターの足を木の根で絡め取り、必死になって食い止める。

根をディザスターが振り払おうとしたところで、ガディがその足を切り飛ばした。

「ガァアッ!?」

「はあっ……はあっ……」

ディザスターからすれば、ガディとエルルなどもはや瀕死《ひんし》の獲物でしかなかった。

しかし、それにしてはあまりに重すぎる殺気。

ディザスターは目の色を変える。

「っ、てぇな……」

ガディとエルルは、死にそうになったことなどこれまでに何度もある。

今より深い傷を負って、死を覚悟したことは山ほどあった。

そのたびに二人は誰かに助けられてきたが、今頼れるのはお互いのみだ。

「エルル……いけるか」

「なんとか、ね」

激痛と多すぎる出血で、ぼやけつつある視界。

これも、油断した自分達の失態だ。

自分達のせいで、弟が命を落とすことなどあってはならない。

(たとえここで死ぬことになろうと――)

(こいつだけは、倒す)

歯を食いしばり、ガディとエルルがドラゴンに真っ向から対峙した瞬間だった。

「……パーフェクトヒール」

ポツリ、とつぶやくような声が、二人の耳に届く。

その途端に、白い光がガディとエルルの全身を覆った。

「⁉」

「これは……」

光が収まった頃には、二人の傷は完治していた。眩暈《めまい》すらも消えている。

ガディとエルルの頭に浮かんだのは、ありえない、という言葉。

治癒魔法は傷を塞ぐだけで、失った血液が戻るわけではないし、体力だって回復しない。

なのに自分達の体は、まるで時を戻したように万全の状態になっていた。

「あっ……」

エルルがその原因に気づいて声を上げた。

そこには、ぼんやりと下を向いて立つ、アレクがいた。

「アレク……」

エルルがアレクのもとへ向かおうとするのを、ガディが止めた。

「ガディ？」

「待て。……何かがおかしい」

まるで、アレクではないみたいだ。そう言うガディに、エルルが訴える。

「そんなわけないでしょ？　ほら、だって――」

「アレクの傷が治っている」

ガディに言われ、エルルは注意深く観察する。

「……そう、ね」

肩口から腰元まで、大きくつけられた傷。

それが治っていた。

治癒魔法を、あの大怪我を負った状態のアレクが唱えられるはずがないというのに。

その時、アレクが顔を上げた。

「！」

「あの目は……？」

ガディとエルルは息を呑んだ。

カラーリングの魔法で金色になっていたはずの瞳が、何色か判断がつかない状態となっている。

その不思議な色の瞳が、ゆっくりとディザスターを見上げた。

「アアァ、ガァア……！」

ガディに足を切り落とされたせいで、ディザスターは身動きが取れないままだ。

それを見て、アレクは静かに声を発する。

「燃えろ」

チリ、と炎がドラゴンの内側から上がったかと思えば、次の瞬間、全身を包み込んだ。

「アレク、無駄だ‼　こいつには炎は効かな……⁉」

効かない、と言おうとしたガディが、驚いて口を閉ざす。

燃えていた。

エルルの魔法をものともしなかったはずのドラゴンが、炎の中でのたうちまわっていた。

それを呆然と見つめるガディとエルルに、アレクがゆっくりと近づく。

「……兄と、姉か」

いつもとは違う、落ち着きつつも冷たい声を耳にして、エルルは問いかける。

「あなた、誰？」

アレクではない、誰かに。

「……教えない」

フイ、とそっぽを向いたかと思えば、再びディザスターを見た。

「グ、ウゥ……」

ドラゴンはもう虫の息だ。指の一本すら、動かせていない。

「そうだね、殺さなきゃ」

「ガ、アウ」

「君だって、昔はたくさんの人を殺しただろ?」

「ア、アァ……」

「もちろん、私達の仲間もね。だから、これでおあいこだよ」

無慈悲にそう言い放ち、眉一つ動かすことなく、それはドラゴンの首を落とした。

「…………」

まるで水を打ったように静かになった。

誰もそこから動こうとしない。

「……出て行け」

最初に口を開いたのはガディだった。

「アレクの中から出て行け」

「……出て行け、と?」

「そうだ」

くるりとアレクの姿をした何かが振り返る。

その目には何も映されていない。

ガディは続けた。

「アレクは、そんな簡単に命を奪ったりしない」

「相手は魔物だよ?　今さら何を綺麗事言ってるんだか。命なんて、君達もたくさん奪ってきたじゃない。魔物は何匹殺したの？」

「アレクは私達とは違うわ」

エルルが悲しげな顔で、それに向かって反論した。

「違うのよ。私達なんかと、同じにしたらダメ」

エルルの言葉に、それは答えない。

「……」

「お願いだから、アレクをそんな……そんな風に、しないで」

懇願だった。

エルルからの、心の底からの願い。

それを聞いた何かは嘲笑《ちょうしょう》してみせた。

「まさか、君達人間からそんな言葉を聞くとは思わなかったよ」

肩をすくめたそれを、ガディは鋭く睨みつける。

「……お前は誰だ。さっさと教えろ」

「教えるわけがないだろう。私に何のメリットがあるの？」

「アレクの口で喋るな」

威嚇《いかく》するように低く唸るガディに、それは愉快げに笑う。

「君、ルフィーネの時のことを思い出してるでしょ」

「!?」

あの時、記憶喪失になったアレクは、ガディとエルルのこともわからなくなっていた。

結局は元に戻ったとはいえ、今でも思い出すと苦しさが蘇《よみがえ》る。

「そうだよね。弟が自分を他人みたいに扱うなんて、恐怖以外の何ものでもないもんね」

「……そうだ」

苦々しげに言ったガディを見て、それは満足そうに言う。

「素直だね。そういうのは、嫌いじゃない。いいよ。今日のところは帰るとするよ。でも……」

何も映さなかった目が、最後にクルリと激情に染まった。

「まだ君達を、認めたわけじゃないから」

捨て台詞《ぜりふ》を残した後、アレクがフッと意識を失う。

地面に倒れ込んだアレクに、今度こそガディとエルルは駆け寄った。

「……大丈夫、みたいね」

穏やかに寝息を立てるアレクを見て、エルルはホッとし、肩の力が抜けるのを感じる。

「……ガディ？」

ガディがギュッと、エルルとアレクを抱きしめた。

困惑するエルルに、声を絞り出すかのように言う。

「生きてて、よかった」

「！」

エルルもガディとアレクを抱きしめ、静かに頷く。

「アレクの聖霊……あいつは、いなくなってしまった」

「……そうね。いつまで経っても、仲間が死ぬのは慣れないものね」

◆　◆　◆

アレクの目に最初に映ったのは、幸せそうな笑顔だった。

紫髪の女性が、茶髪の男性と幸せそうに笑い合っている。

女性は赤ん坊を抱いていた。

女性と同じ、紫の髪の赤ん坊。

「ごめんなさい。私のせいで、こんなところにまで連れてきてしまって」

「いいんだ。むしろ、今までよく耐えたと思う。これからは静かに、平和に暮らそう」

「……平和に過ごせるのかしら」

「なぜ？」

不安げに言う女性に、男性が首を傾げる。

女性は赤ん坊を見下ろすと、今にも泣き出しそうな声で言った。

「私が、不幸を呼び寄せているんじゃないかって、不安になるの。そのせいでこの子がどんな危険な目に遭うのかもわからないわ」

「違う。君のせいじゃない。そんなことを言う奴がいたら、僕がとっちめてやるさ」

「……うん、ありがとう」

その場の空気が優しげなものへと変わる。

男性は女性から赤ん坊を受け取ると、慈《いつく》しむようにそっと撫でた。

「この子がどうか、光ある未来を歩めますように」

◆　◆　◆

ひどく穏やかな目覚めだった。

目を開けると、心配そうにこちらを覗き込むガディとエルルと、学園長が見える。

ここはどこだろう。学園の医務室だろうか。

「アレク……！」

エルルがアレクを見て笑った。

その顔が、先ほどの夢に出てきた女性と重なる。

どこか夢うつつな状態のアレクだったが、ふとフラッシュバックしたかのように、気絶する前の光景が蘇る。

「クリアっ‼　そうだ、クリアは⁉」

アレクはベッドから身を起こし、エルルに詰め寄った。

エルルは当然アレクに聞かれるだろうと思い、心構えをしていた。

だが、アレクが悲しむと思うと、やはりつらいものがある。

それでもエルルは、落ち着いた声で伝えた。

「あなたの聖霊は、残念だけど……」

アレクは息を呑み、静かに俯いて拳を握り込んだ。

「僕のせいだっ……」

アレクの頬を、大粒の涙が伝った。とめどなく溢れてくるそれを、止めようとは思わなかった。

「クリアは僕を庇って、死んじゃったんだ……」

力なく言葉をこぼしたアレクに、学園長が声をかける。

「そのことなんだけどね、アレク君。落ち着いて聞いてほしいの」

いつになく真剣な声で、ゆっくりとアレクに言い聞かせた。

「クリアさんは、生き返るわ」

「⁉　本当ですか⁉」

アレクはバッと顔を上げ、学園長を見る。

「彼女が聖霊であるなら、魔物の攻撃では完全には死なないの。聖霊が死ぬのは、体が邪気に侵され尽くした時。だから、助かるわ」

「でも、どうやってっ？」

クリアが生き返る術《すべ》があるなら、どうしても知りたい。

縋る気持ちで尋ねると、学園長はどこか覚悟を決めたように息を深く吸った。

「よく、見ていて」

学園長の体が淡く発光する。

その光が収まった頃、緑がかった金髪に、深緑の瞳をした美女がそこにいた。

肌は雪のように白く、耳が長く尖っている。

「私の正体は、ハイエルフ。本名はフィストルナ・クィーンデキム・ハイエルフィ。第十六代目エルフ女王になるはずだった者」

「……」

学園長の姿と明かされた正体にアレクが唖然《あぜん》としていると、学園長が再び黒髪の美女の姿に戻る。

「やっぱり、本来の姿に戻るとなると大量に魔力を消費するわね……ハイエルフ姿のほうが魔法の力は強くなるけど、長くはもたないわ」

そう言って、学園長は説明を続ける。

「私と一緒にエルフの里に行けば、そこの女王からクリアさんを生き返らせる方法を教わることができるわ。ただ、私はエルフの里を出た身。歓迎はしてくれないでしょうね」

「エルフは久しぶりに見たな……それに、ハイエルフなんて初めて見た」

驚きを隠せない様子のガディに、学園長は「でしょうね」と返す。

「エルフは閉鎖的な種族なのよ。外にいるエルフは追放された者、もしくは自力で逃げ出した者だわ」

「じゃあ、ハイエルフを見ないのはなぜ？」

エルルは気になって質問する。

「ハイエルフはエルフの王となる者だからよ。王が外にいるなんて、ありえないでしょう」

「なら、なぜ学園長がここにいるの？」

次々に質問をするエルル。

そもそも、学園長にはおかしな点が多すぎる。

不信感を抱きつつあるガディとエルルに、仕方ないとばかりに学園長はため息をついた。

ベッドのそばにあった椅子に腰を下ろし、ガディとエルルにも座るように促す。

「この際だし、話しておきましょう。私の昔の話を」

学園長は、過去を懐かしむような、苦しそうな、曖昧な顔をして語り出した。

第九話　フィストルナ、人間に出会う

エルフの里は、深い森の奥にそびえる世界樹の麓《ふもと》にある。

そこでフィストルナは、数百年前にハイエルフの末裔《まつえい》として生を受けた。

普通のエルフより緑色の強い金の髪と翡翠色の瞳は、エルフ達の注目の的となっている。

フィストルナは昔、気が強かった。

「ひ、姫様ぁ。お勉強をちゃんと……」

「もう嫌だわ！　窮屈、それに退屈！　やりたくない！」

生まれて数年しか経っていなかった頃は、やはり子供だった。

世話係の言葉を振り切り、駆けつける場所は祖母の家。

祖母はどんな時でも、フィストルナを優しく迎えてくれた。

「フィストルナかい？」

「そうだよ、おばば様」

「すまないね。もう随分と長い間、目が見えないんだ」

祖母は目が悪かった。フィストルナが生まれた時から目が見えていなかったらしい。

孫の姿を見られないと祖母は非常に残念がっているが、優しく頭を撫でてくれる祖母がフィストルナは大好きだった。

フィストルナはいつもの通り、祖母をテラスまで導いて椅子に座らせると、その膝の上に乗る。

そして、祖母の手を握りながら問いかけた。

「ねえ、おばば様。どうして勉強なんてしなきゃいけないの？　別に外のことなんて知らなくても、私達エルフだけで暮らしていけるじゃない」

「そうだねぇ……確かにエルフは閉鎖的な一族だ。でも、人間と関わりがないというわけではないんだよ」

「私は一度も人間というものを見たことがないわ」

「お前も、母のようにいずれは女王となる。その時になったらわかるよ」

穏やかに、女性としては少し低めの声でそう繰り返す祖母。

しかしフィストルナはどうしても納得がいかなかった。

「ハイエルフは不老不死なんでしょ？　ずっと生きていけるなら、急がなくたっていいじゃない！」

「それは違うよ、フィストルナ。ハイエルフだって死んでしまうんだ。私達は、歳を取るのが遅いだけ」

「でもっ、おばば様は綺麗だよ！」

祖母の外見は、何百年も生きているとは思えないほど若かった。

エルフであろうが歳を取るのは間違いないはずなのに、祖母はいつまでも変わらない。

祖母は悲しそうな顔をしつつ、フィストルナによく言い聞かせる。

「いいかい、いつかは死ぬんだ。命には限りがあるんだよ。誰だって、それからは逃げられない」

「……おばば様も、死んでしまうの？」

「そうだね。もう少ししたら、じい様のところへ向かうかね」


その宣言通り、五年後に祖母は逝《い》ってしまった。

悲しくて苦しくて、死んでしまうのがどうしてかもわからなくて。

フィストルナは、勉強から逃げ続けた。

そうして十五になった頃、とうとう母に目をつけられた。

「フィストルナ。いい加減にしなさい」

今日も勉強をサボり、自室を出て外に向かおうとしたところで母に呼び止められた。

「……女王様」

不機嫌そうな母の顔を見て、フィストルナも眉をひそめる。

しかし、そんな娘の様子などお構いなしに、母は厳しく言う。

「いいですか？　あなたは次期女王なのです。この里で生まれ、ここで死んでいく。今までのハイエルフと同じように」

「わかってます。それは、充分に。でも私は、自由でありたいのです」

「許しません。王族として生まれたからには、その責任があります」

フィストルナは、好きで王族に生まれたわけではない。

聞く耳を持たない母に嫌気がさして、フィストルナはその場から逃げ出した。

「フィストルナ！」

自分の名前を呼ぶ、焦った声が聞こえた気がしたが、無視をした。

(今は、誰にも会いたくなんてない)

走って、走って、走り続けて。

気づけばエルフの里から抜け出していた。

「あっ……」

いくら何でも、これはまずい。

女王である母の結界から出てしまえば、この辺りをうろつく魔物に食われてしまう。

しかし里に戻ろうにも、夢中で走ってきたものだから帰り道がわからない。

「……どうしよう」

その時だった。

「あの」

誰かに声をかけられた。

思わずビクリとして振り返ると、見覚えのないエルフが立っている。

「……おかしなエルフね。肌が黒いけど、ダークエルフほど濃いわけじゃない。それに耳も尖ってないし、何なの、その格好は？　あと髪と目の色も変だわ」

「えっ？　それは、僕はエルフじゃないですから」

「……えっ？」

「えっ？」

ポカン、として互いに見つめ合う。

エルフじゃない。この辺りには、エルフしかいないはずなのに。

じゃあ、この男は誰だ。

「――っ、あなた誰⁉」

「わあ⁉」

フィストルナはスキルで取り出した弓矢を構え、その男に向ける。

すると男は驚き、慌てて両手を上げて降参のポーズをした。

「ごっ、ごめんなさいごめんなさい！　ほんの出来心だったんです！」

「はあ？」

「世界樹には手を出しません！　というか出せません！」

男は言葉を並べ立てるが、フィストルナには意味がわからない。

「……何を言っているの？　それに世界樹？」

「あ」

会話が噛み合っていないことに気づき、男はばつの悪そうな顔をする。

「えーっと、その」

フィストルナは、ずい、と一歩近づき、男に鋭い視線を向けた。

「詳しく聞かせなさい」

「……はい」


その男は、カイ・トルシエと名乗った。

両親が流行病《はやりやまい》に伏せってしまい、彼は治療法を探すために旅をしていた。

その道中で、どんな病気でも治すという世界樹の葉の噂を聞き、ここまでやってきたらしい。

もちろん、この辺りがエルフの領域であることは知っていたが、両親を助けたい一心で必死だった。

命乞いをする男——カイに、フィストルナは呆れた。

「世界樹の葉を採《と》ろうとしたの？」

「は、はい」

「バカね。世界樹の葉は、木から落ちた瞬間に価値を失ってしまうわ。その恩恵を受けられるのは、私達エルフだけ」

「そんな……何とかならないんですか!?」

「ならないわ。私達だって、もう使えないもの」

「え？　つ、使えない？」

恩恵を受けられると言ったではないか、と、カイはフィストルナに訝《いぶか》しげな目を向ける。

フィストルナはため息をついて説明を続けた。

「世界樹の精霊様が、眠りについておられるからよ」

「世界樹の、精霊？」

「そう。精霊様のおかげでこの世界は維持できているの。でも、その精霊様はなぜかわからないけど長い眠りについている。眠りから目覚めない限り、世界樹には一切干渉できないのよ」

「そ、そんなぁ」

泣きそうな顔をして項垂れたカイは、ブツブツと何やらつぶやき始める。

「どうすれば……ここが、最後の望みだったのに。本当に母さんと父さんが死んでしまう……」

「その流行病の薬はないの？」

「はい。特効薬がないんです。今、国中の医者が病人のために必死で駆け回ってるけど……死者の数が凄くて。もう僕達の国は終わりなのかもしれない」

「……それは、ちょっと可哀想ね」

そこでフィストルナは、気まぐれレベルの慈悲を見せた。

「ついてきなさい」

「え、あ」

カイの手を引っ張って、何とかエルフの里へ戻ろうとする。

しかし、やはり里の場所はわからない。

「どうしよう……」

「あの」

フィストルナが途方に暮れていると、カイが声をかけてきた。

「なに？」

「光ってるあれ、何ですか？」

カイが呆然と見つめるほうに目を向けてみると、見覚えのある光が届く。

途端にフィストルナの心は晴れた。

「あれよ！　ついてきて！」

「は、はい！」

たどり着いた場所は、世界樹の根が浸かった泉であった。

神秘的にキラキラと輝く泉に見惚れるカイに、フィストルナは自慢げに説明する。

「私達は世界樹そのものには干渉できない。でも、これだけは別よ。何か水を入れるものはある？」

「えっと、これでいいですか？」

カイが取り出したのは、動物の皮でできた水筒だった。

「人間って変なものを使ってるのね」

「変じゃないです！　それ、最新のやつですよ!?」

「ふぅん」

興味なさげに返事をしたかと思えば、フィストルナはその水筒をひっくり返す。

「あーっ!?」

ドボドボと水が地面に落ちて、水筒が空になる。カイは思わず涙目になった。

「な、なにするのさ!?　せっかくの水分がっ」

感情の昂《たかぶ》りでカイの敬語がとれたことに気づいたフィストルナは、「このほうがいいかも」とだけ返す。

そして今度は、水筒で泉の水を掬《すく》った。

「はい」

「こ、これって」

「もしかしたら、両親の病が治るかもしれないわ。でも、世界樹の葉ほど万能ってわけじゃないから、期待しないでね」

「ありがとう!!」

期待しないでとは言ったが、カイの表情を見る限り、それは無理そうである。

彼の目は、実に嬉しそうに輝いていた。

「……本当は、この水はあまり使っちゃダメなの。だから秘密にして」

「わかった。必ず守る。またお礼に来る！」

そう言うが早いか、カイは走っていってしまった。

「……人間って、おかしな生きものね」

◆◆◆

それから二年後。

フィストルナがもう忘れかけていた頃に、カイは戻ってきた。

その日、勉強を抜け出してきたフィストルナは一人になりたくて、人気《ひとけ》のない結界の際《きわ》まできていた。

少し疲れて休憩しようとしたところで、懐かしい声に呼ばれる。

「エルフさん！」

「……フィストルナよ」

「フィストルナ！　ありがとう！　父さんと母さんが治ったんだ！」

輝かしい笑顔でカイがそうお礼を言った。満面の笑みで、本当に嬉しそうだ。

「あの水のこと、秘密にできた？」

「もちろんだ。父さんと母さんには、名医が調合した薬だと言って飲ませた。ただ……」

「ただ？」

「周りの人が騒ぎ出してね。どうして治ったんだって。僕は偶然出会った名医に助けてもらった、としか説明しなかったけど」

「あなた殺されなかったのね」

「はあ!?」

突然、物騒なことを言われて、カイは驚きの声を上げた。

「人間って欲深いのでしょう？　てっきり、水の奪い合いを始めるものだと思ったのだけど」

「それは……そうかもね」

「？」

カイの表情がたちまち曇《くも》った。

自分は何か失言をしてしまったのだろうか――フィストルナは無自覚にカイを傷つけたことを、申し訳なく感じた。

「ごめんなさい。言いすぎたわ」

「いや、いいんだ。本当のことだから。父さんと母さんに飲ませたって説明したけど、その後、何人か家に泥棒が入ってきたからね」

「そうなの？」

「まあ、母さんが撃退したけど」

カイが母を語る顔は、誇らしげであった。

自分とは何かが違う。

そう思ったフィストルナは、カイの手を掴んだ。

「お願い、あなたのことを聞かせて」

「え？」

「水をあげたお礼ってことで」

「そ、そんなのでいいのかい？　僕にできることなら何でもするつもりだったんだけど」

「いい！　もっと、いろいろ教えて！」

縋りつくように叫ぶフィストルナの勢いに圧倒され、カイは戸惑いつつ頷いた。

フィストルナとカイは木の幹を背もたれにし、地面に隣合わせて座り込んだ。

「僕の家は、トリティカーナ王国にあるんだ」

「トリティカーナ？」

「そう。ここはダンカートの近くだろ？」

「ダンカート……？」

フィストルナにとっては、どちらも聞いたことがない名前だ。勉強をしていれば、わかったのかもしれないが。

「知らないんだね。ダンカートは東の大国、トリティカーナは西の大国さ」

フィストルナは、国というものを教えてもらった。人間は集まって国を作ると聞き、エルフの里のようなものかと理解した。

「トリティカーナの王都、ナハールに僕は住んでる。こう見えても貴族なんだ」

「貴族？」

「お金持ちのお偉いさん。といっても、僕の家は平民とそこまで変わらない。質素倹約をモットーにしてるからね。父さんに、そこら辺は厳しく教えられたよ」

「へぇ、そうなの」

「……あまりよくわかってないよね？」

フィストルナがピンと来ていないようなので、カイは思わずそう言ってしまった。

「ええ。でも、話を聞くのは楽しいわ」

フィストルナの、知らない世界。

教育係が教えてくれるのは、エルフの文化や歴史などが大半。外の世界のことも学ぶが、それはエルフとの関係の話に終始していてつまらないものばかりだった。

しかし、カイはフィストルナに違う世界を見せてくれる。

「カイが私の教育係になればいいのに」

「教育係？」

「私、お姫様なのよ」

「えぇ？　姫ぇ？」

カイは面食らって、声が裏返っていた。

「そう！　次期女王！」

「そ、そんな人がここにいてもいいのかい？」

「……ほんとはダメ。今日も抜け出してきたの」

あれから二年。

多少は真面目に教育係と向き合うようになったが、どうしても勉強は嫌いだ。

隙をついて瞬間移動で逃げ出したはいいものの、あの魔法は魔力を大量に消費する。

休憩のため座ろうとしたところで、カイと再会したのだ。

そう事情を話すと、カイは感嘆の声を上げた。

「瞬間移動って凄いなぁ！　本の中の話じゃなかったんだ！」

「凄いでしょ？」

「ああ！　僕にもできるかな？」

「ムリ。エルフにしかできない」

「あ、そう……」

心底残念そうに言うものだから、フィストルナはカイに尋ねる。

「何かやりたいことでもあったの？」

「あ、いや。移動に便利そうだな、と」

大したことのない理由だったので、フィストルナは呆れ顔になった。

「魔力をたくさん消費するから、もし瞬間移動を使えたとしてもあなた干《ひ》からびるわよ」

「そうか……いろいろな意味で無理だな」

「うん」

フィストルナに慰められるでもなく素直に肯定され、カイは何だか情けなくなってため息をつく。

だが、深く息をついたのはフィストルナも同じだった。

「……エルフだって、なんでもできるわけじゃないわ」

「？」

まるでカイの思考を読んだかのように、フィストルナがそんなことを言った。

「空だって飛べないし、できることは限られている。里の外には行けないし」

「……そういえば、僕の王国には空を飛べる人がいるんだよ」

「えっ⁉」

人間が空を飛べるなど、信じられない。

魔法に長《た》けたエルフならまだしも、とフィストルナは大きく目を見開く。

「何でも、背中に翼を生やして飛ぶとか」

「……背中に、翼」

その者の容姿に、聞き覚えがある。

「ねえ、その人って、紫の髪と瞳をしていない？」

「よ、よくわかったね。エルフでも有名なの？　エルミアっていうんだよ」

「やっぱり……」

エルフは精霊と関わりのある種族である。

といっても、交流を持ち始めたのはうんと昔というわけではなく、わりと最近だったりする。

その精霊から、そんな話を聞いたのだ。

「エルミアという、紫の髪と瞳をした女性が、どこかにいる……」

「うん。珍しいよね。人間にその髪と瞳をした人は他にいないんだ」

当然だ。そもそも紫なんて、存在するはずのない色なのだから。

「その人、絶対人間じゃない」

「……うん？　じゃあ、他の種族？　でも翼を生やす種族なんて聞いたことがないよ。スキルか何かじゃないの？」

「昔に、いたのよ。そんな種族が」

「えぇ⁉」

「逆を言えば、今はいないはずなの」

その種族の正確な名前はわからないが、フィストルナが生まれる前に滅んだはず。

疑問を抱きつつ、フィストルナは立ち上がる。

「ごめんなさい。会ったばかりだけど、もう行くわ」

「そうかい」

引き止めてほしかったわけではないが、カイのその反応は意外だった。

「やけにあっさりしてるのね？」

「ここの近くに宿をとったから、明日また会いに来るよ」

「え？」

「駄目だった？」

フィストルナはしばし考え、こう答える。

「……いや、ダメじゃない」

「じゃあ明日」

カイは手を振って、森の奥へ行ってしまった。

「……女王様に、聞かないと」

フィストルナは抜け出したことを叱られるだろうな、と憂鬱《ゆううつ》な気分になりながらも、自分の家に戻った。


帰ってくるとすぐに、母からいつも通りの小言が飛んできた。

普段であれば黙って聞き流すのだが、フィストルナは今日ばかりは割り込む。

「あの、女王様」

「何です。今私が話して——」

「人間の国に、紫の髪と瞳を持つ者がいると聞きました」

そう言った途端、母の顔色がわかりやすく変わった。

近くに立っていた教育係も、ひどくうろたえている。

「どこで聞きました？」

「その、精霊達に」

「ありえません。その色を持つ種族は、とうの昔に滅びました」

「でも！　精霊は嘘をつきません！」

「それは何かの間違いでしょう。私は、その種族がいた時代を生きていました。ですから断言できます。ありえないのです」

はっきりと言い切る母に、フィストルナは何か言おうと口を開くが、結局は言葉を詰まらせる。

「姫様……やめましょう。その話はおしまいです」

教育係が気まずそうに、静かにフィストルナを諭《さと》す。

まるで、触れてはいけないことを話題にしてしまったかのように。

そこまでのものなのか。

フィストルナは、いよいよその種族に興味が出てきた。

「女王様！　その種族というのはっ」

パン、と乾いた音が響く。母が手を打ち合わせた音だった。

「この話は終わりです。二度と持ち出すことは許しません」

「で、でも……」

「いいですね？」

「っ……はい」

母の鋭い視線に気圧《けお》され、そう答えるしかなかった。

仕方なく了承したフィストルナは、この時は知らなかった。

その滅びたはずの存在に、会うことになるということを。

◆　◆　◆

その日は突然やってきた。

朝起きてみれば、何だか外が騒がしい。

疑問に思って出てみると、そこには紫の髪と瞳をした、一人の女性が立っていた。

「ここの女王様に会わせてください」

凛《りん》とした声でそう言う彼女は、華奢な見た目に似合わぬ無骨《ぶこつ》な甲冑《かっちゅう》に身を包んでいた。

甲冑というものを、大半のエルフは知らない。

カイに聞いた話では騎士とやらが着るものだと言っていたが、フィストルナはその物珍しさに彼女を凝視した。

「……あ」

彼女と目が合う。吸い込まれそうなほど、綺麗な色をした目だった。

彼女はフィストルナを確認すると、こちらへ歩いてきた。

「あなたが女王様ですか？」

「い、いえ、違います。私は女王様の娘で――」

「女王様に会わせてください。私なら、世界樹の精霊を起こすことができます」

「なぜ……」

なぜ、そのことを知っている。

そう問いかけようとしたのを、何かが落ちる音が遮った。

「女王様」

振り返れば、母が呆然として立っていた。

足元に先ほどまで抱えていたであろう、大きな包みが落ちている。

ガシャリ、と甲冑が動く音がした。

「あなたが女王様ですか？」

「……はい。あなた様は？」

「私はエルミアと申します。世界樹の精霊に会わせてください」

母はエルミアを見据え、神妙な面持《おもも》ちで言う。

「何もかも、お見通しというわけですね」

「はい」

母の畏《かしこ》まった態度も、意味不明な会話の内容も、フィストルナを混乱させるのには充分であった。

黙って見守るフィストルナを、母は手招きする。

「あなたもいらっしゃい」

「は、はい」

母はエルミアを振り返り、声をかける。

「ついてきてください。こちらです」

緊張を隠せないまま、フィストルナはエルミアと母とともに世界樹へと向かった。


エルミアが世界樹の前に立つ。

世界樹の窪みには、精霊が眠っていた。

その精霊にそっと触れようとして――

「……？」

パチリ、と精霊が目を開けた。

「あれ？　え？　あれ？」

精霊はエルミアを見て驚いている様子だ。

「お目覚めですか」

「む、紫？　え？」

ポカンとしてエルミアを見つめる精霊に、母が泣き出しそうな顔をする。

「目覚めて、くださったのですね……！」

「ああ！　お主は女王か。そうか、我のせいで……」

「いいえ。精霊様のせいなどではありません。仕方のないことだったのです」

「いや、我の責任だ。眠りについてすまなかった」

どういうことなのだろう。母は嬉しそうだし、精霊は申し訳なさそうだし。

困惑していると、精霊の目がこちらを向いた。

「お主が、次期女王か」

「は、はい」

「そうか。そうか……お主の先代達にはすまないことをした。長い間、エルフ達をありがとう」

フィストルナは、なぜ精霊にそんなことを言われるのかわからなかった。

だが聞き返すのも無礼な気がして、自分に答えられることだけを返す。

「い、いいえ。私は何もしてません。エルフ達を束ねているのは女王様です」

緊張しているフィストルナに、精霊は「そうか」と言った。

「でも、我が目覚めていればお主らの寿命は延びる」

「じゅ、みょう？」

「精霊様。そのことなのですが……」

そこで、母が割って入った。

「む？　まだ知らせていないのか。よかろう、我の口からは何も語らない」

何かを悟ったらしい精霊は、それ以上、フィストルナに言葉をかけることはなかった。

本当に訳がわからないまま事が進んだ。

異常なほどに嬉しそうな母、精霊を起こしたエルミア、そして、寿命。

(どういうことなのーー!?)

その後、エルミアがすぐに帰り、精霊は世界樹の下で母と何かを話していた。

フィストルナは気になったが、人払いをされてしまったため聞くことができない。

結局、フィストルナはそのまま家に戻り、夜を迎えた。

引っかかることが多すぎてぐるぐると考え事をしてしまい、床に就《つ》いても眠ることができない。

「……夜風でも、浴びよう」

ベッドから這い出て、外に向かおうとする。

廊下を進んでいくと、一室に明かりがついていることに気づいた。

「……た、……じゃないか？」

「……しても、……で」

何かを話し合っているようだ。

フィストルナは息を潜めて、部屋のそばまで近寄った。

今度は会話がはっきりと聞こえてくる。

「精霊様を目覚めさせるなんて、凄いなエルミア様は」

「そもそも、何で精霊様は眠りについていたんだ？」

「お前はまだ若いから知らないか。精霊様は数百年間眠り続けることがあるんだよ。世界の争い事で生まれる邪気を全てその身に受けているから、体がもたないんだ」

「そうなのか。でも、精霊様が目覚めたなら、フィストルナ様は大丈夫だよな」

フィストルナは大丈夫――何が大丈夫だというのだろう。

大きな事件でも、起きたというのか。

「ああ。そのはずだ。精霊様が起きていれば、世界樹へのハイエルフの寿命の受け渡しは百年に一度に落ち着くはずだ」

（寿命？　受け渡し？　百年？）

「そうか。でも、受け渡しをすでに行った女王様は……」

「もう目が見えなくなってきてる。しょうがないさ。そうしないと、世界が生きられないんだから」

日の前が真っ暗になり、倒れ込みそうになった。

フィストルナの中で、全てが繋がった気がした。

ハイエルフは不死に近いほどの寿命を持つはずなのに、それにしては代替わりが早い。

祖母は目が見えないと言っていた。

最近、母も見えなくなっている。

それは寿命を受け渡したから？

何のために？

世界のため？

祖母は、フィストルナをなるべく自由でいさせようとした。

長い時を生きると思っていたフィストルナに、命のことを教え込んだ。

それは、全て――寿命の受け渡しによって、ハイエルフは死んでしまうからではなかったのだろうか。

「っ、ひ……」

息が詰まる。

ここから逃げなければ。

そう思って、そっと家から抜け出す。

外は寒く、普段なら心地よいと思う風すらフィストルナを恐れさせた。

「早く、早くっ……」

逃げなければ、自分も寿命を渡すことになる運命。

あの会話から、全てを正確に理解できたというわけではない。

何かもっと他の秘密があるのかもしれない。

それでも、フィストルナは死が怖かった。

生きていたかった。

何より、今まで寿命を受け渡すために育てられてきたのかと思うと、母が、エルフが恐ろしかった。

「はっ、はっ、はっ、っあ！」

木の根に足を取られ、バランスを崩して転ぶ。

擦り傷ができたが、その痛みすら気に留める余裕がない。

全力で走って、里から抜け出そうとする。

その時。

「フィストルナ……？」

「!?」

名前を呼ばれて、心臓が跳ね上がった。

(誰だ。誰だ、私の名前を呼んだのは。女王様？)

ガサリと葉っぱを頭につけて、茂みの中から出てきたのはカイだった。

「どうしたんだ、こんな夜更けに」

「か、カイ……？　あなたこそ」

「何か胸騒ぎがして、こっちに来たんだ」

おかしいよな、と笑うカイの前で、フィストルナは気づけば泣いていた。

「フィストルナ？」

「……カイ。お願いがあるの」

「な、何だ？」

「私を、あなたの家に連れてって」

「え!?」

フィストルナの思わぬ発言に、カイは慌てふためく。

「い、家って……ナハールの!?」

「うん」

「どうして!?」

「……ここにいたら、殺されちゃう」

「……」

カイが息を呑む音が聞こえた。

縋る思いで待っていると、カイのため息が聞こえてくる。

「……わかった。後で事情は聞くからな」

「！　ありがとう！」

「っと、その前に」

カイが何かをブツブツとつぶやき、フィストルナの肩に手を置いた。

すると体が煙に包まれ、フィストルナは驚きのあまりカイに飛びつく。

「か、カイ？」

「ほら見てみろ」

カイが懐から鏡を取り出し、フィストルナに向ける。

それを覗き込むと、そこには黒髪の妖艶《ようえん》な美女が映り込んでいた。

「だ、誰!?」

「変身魔法をかけたんだ。それ、僕の母さんの若い頃」

「変身魔法……カイは自分にかけないの？」

「自分にはかけられないんだよ。ほら、君は見つかったらマズいんだろ？」

カイに手を引かれ、フィストルナは歩き出す。

ついに、結界の前までやってきてしまった。

「………」

ここを抜ければ、二度と里に戻ることはない。

フィストルナはそっと一歩を踏み出す。

しかし。


バチンッ！

「!?」

フィストルナは結界に弾かれ、外に出ることができなかった。

その場に倒れ込むと、母の声が聞こえてくる。

『どういうことです、フィストルナ』

「な、なぜ!?」

『なぜ、とはどういう意味でしょう。なぜ声が聞こえるのか、なぜ自分だとわかったのか。当然です。結界内は全て私の手の内なのですから』

抜け出せると思った自分が甘かったのか。

フィストルナは悔しくなり、ギュッと拳を握る。

『里から逃げるというのですか?』

「女王様は、私が出ていったら困りますよね」

『もちろんです。次期女王が出ていくなど』

「世界のための寿命がなくなったら、困りますよね」

姿は見えないが、母が言葉を詰まらせたのを感じた。

『……なぜ、それを』

「偶然知りました」

やはり母は、自分の寿命も世界樹に受け渡すつもりだったのだ。

もう母とは一緒にいられない。

そう思って、無理やり結界を潜り抜けようとする。

「ぐ、ぅ……」

バチバチと自分を拒む結界を無理やり通ろうとしているせいか、体が軋《きし》むような痛みを感じる。

「フィストルナ⁉」

カイの焦った声。

それと。

『フィストルナっ……』

母の、泣きそうな声。

母は自分がいなくなったら、どうするのだろうか。

「世界なんて、知らない……死にたくない‼」

そう叫んだ時、結界を抜けていた。

ドサリと地面に手をつくと、カイがフィストルナを支えて立ち上がらせる。

「行こう」

「……うん」

二人で駆け出した。

夜の闇に、もう母の声は聞こえない。

◆　◆　◆

それからカイとフィストルナは、長い時間をかけてナハールの街へやってきた。

カイにとっては久しい帰郷であったが、フィストルナにとっては新しい人生の第一歩である。

ここまで問題なくやってこられた。

一つの、大きな誤算を除いて。


それに気づいたのは、エルフの森を離れた後だった。

「ここまで来れば、もう大丈夫だろう。変身魔法を解こう」

「うん」

カイがフィストルナにかけられた魔法を解こうとした。

しかし。

「あれ……？　とけ、ない？」

「!?」

カイにはフィストルナの魔法が解けなくなっていた。

おかしい。確かに魔法は解除したはずなのに、フィストルナの姿は元に戻らない。

「私、どうしちゃったの……？」

「ひ、ひとまず、教会に行こう。何かわかるかもしれない」

最初に向かったのは、近隣の村の小さな教会だった。

フィストルナの事情を説明するも、そのような事例を扱ったことのない神父は匙《さじ》を投げた。

教会で寝床を借りて一泊した時、フィストルナの体に変化が現れる。

「カイ……」

「フィストルナ……なのか？」

フィストルナは子供の姿へ変わっていた。

もう訳がわからない。

その後、各地の教会を回っていったが、この症状の謎が解けることはなかった。

フィストルナの姿は一日ごとに変化していく。

最後の望みをかけて、トリティカーナで一番大きな教会――大聖堂へと二人は向かった。

そこには聖女と呼ばれる女性がいて、二人を快く迎えてくれた。

フィストルナに起こった出来事を何一つ隠さず話すと、その女性は真剣な顔をして症状を分析する。

「どうやら、結界の魔法と変身魔法が反応した結果、複雑に絡み合って体に染みついてしまっているようです。もうこれは体質……としか言いようがありません」

「あの、聖女様。どうにかして治りませんか？」

肩を落とすフィストルナを支えつつ、カイが尋ねる。

「私の手ではどうにも……申し訳ありません」

摩訶不思議《まかふしぎ》な体質だ。これから生活していくのに、どれだけフィストルナが苦労するかわからない。

カイは悔しそうな顔をするも、フィストルナは首を横に振る。

「いいの、別に」

「フィストルナ……？」

「これは私の、罪の証でもあるから」

「…………」

罪。

それは何を指しているのだろうか。

エルフの里から勝手に逃げ出した罪。

女王の言葉を聞くことなく、耳を塞いできたことの罪。

人間であるカイと関わった罪。

フィストルナ、いや、少女が背負うには重すぎる罪だ。

「ねえ、カイ。もう王都に戻りましょう」

「……そうだな」

ここにいても、どうしようもない。カイも帰ることに同意した。

「また、困ったことがあれば相談に来てください」

女性は微笑むと、カイとフィストルナを見送ってくれた。

帰り道、とぼとぼと歩いていると、不意にフィストルナが頼み事をしてきた。

「カイ。私に名前をちょうだい」

「名前？」

「これからは、新しい私でいたいの。フィストルナは、もうやめる」

「……そうだな」

ふむ、と考え込むも、へにゃりと顔を崩してカイは後頭部をかく。

「安直だけど、フィース、とか……？」

「本当に安直ね」

苦笑した彼女に、カイは口を尖らせる。

「酷いな？　本人が自覚してるんだから言うなよ」

「でも、フィース、フィース……うん。悪くない響きだわ」

何度も新しい自分の名前を言い続けると、彼女は笑った。

「これから私はフィースよ。間違えないでね」

「わかった、フィース」

この日が、フィースとしての誕生日であった。

◆　◆　◆

カイと過ごす毎日は、あっという間に過ぎ去っていった。

カイは妻《めと》を娶り、子供や孫が生まれ、フィースはカイの友人として、屋敷の一室を貸してもらい暮らしていた。

その充実した日々は、ハイエルフのフィースにとって瞬き程度の時間に思える。

気づけばカイは老衰で命を落とし、フィースは彼の墓の前に立っていた。

「……」

短い幸せだったと思う。

カイの残してくれたものはたくさんあるけれど、どれもフィースの心を埋めてくれることはなかった。

しばらくぼうっとして、それから少しだけ泣いて。

フィースはある日、とあることを思い出した。

「そういえば、カイにギルドとかいうところに連れて行ってもらったことがあったっけ……」

この当時、ナハールの街に冒険者ギルドはなく、隣街まで行かねばならなかった。

カイがいなくなってしまっては、屋敷に世話になり続けるわけにはいかない。

カイの家族はずっとここにいればいい、と引き止めてくれたが、フィースはそれに甘えることはしなかった。

荷物を纏めて出る前に、カイの妻がフィースにこう言った。

「ぜひトルシエの名前を使ってください。今となっては貴族と呼べるか怪しいものですが、多少は役に立つと思います」

「……ごめんね。ありがとう」

最大限の感謝を込めて礼を言うと、フィースは隣街へと向かった。

そこで冒険者ギルドに登録し、最初は簡単な依頼をこなし、徐々に収入を得ていった。

姿が変わるフィースのことを、ギルドマスターは「変わった奴だ」と笑い飛ばして可愛がってくれた。

フィースはもう子供ではなかったけれど、その温かさが嬉しかった。

やがてギルドマスターが何度か代替わりし、フィースはギルドでそこそこ有名な実力者となった。

トリティカーナの未来の国王と、数年後にナハールにできる冒険者ギルド『狼の遠吠え』のギルドマスターと初めて会ったのは、その頃のことである。

フィースはいつもの通り、仕事を請け負うために冒険者ギルドにやってきた。

掲示板に張り出されている依頼票に目を通していると、ふいに声をかけられる。

「おい、お前」

「……何でしょう」

少年に偉そうな口調で話しかけられて、腹が立った。

ぶっきらぼうにそう返せば、少年はフィースに命令する。

「俺をお前の依頼に連れて行け」

「……はぁ？」

苛立ちながら眉根を寄せると、少年は尊大な態度で告げる。

「俺はトリティカーナ王国第一王子の、マストールなるぞ」

「わわっ、マストールのバカ!!」

慌てた様子で、後ろからもう一人少年が現れた。

マストールに比べて賢そうな少年で、身分を明かしてしまったことに焦っているらしく、フィースを青ざめた顔で見ている。

しかし、フィースは少年が王子と知っても特に態度を変えることはなかった。

「ふぅん……何で王子様がこんなところに？」

「なっ、無礼だぞ!?」

マストールに咎《とが》められるが、フィースは余裕の表情で答える。

「これはこれは申し訳ありません。しかし、私はどこの国にも属さぬ者ゆえ」

「お、俺は王子なんだぞ⁉　人間の国の中で一番大きい、トリティカーナのっ」

「ええ、存じております。でも、私は人間ではないので、敬《うやま》う理由はありません」

「……す、すみません！　マストールっ、やめよう！」

どうやら少年はマストールの友人らしい。

マストールは言い負かされたことが悔しいらしく、フィースに強い口調で命令する。

「とにかく連れてけ！」

フィースはどうしたものかと逡巡し、口を開いた。

「……私のギルドのランク、知ってます？」

「知ってる！　Sランクだろ！」

「そうです。Sランクは最も危険な仕事を請け負います。その依頼に連れていき、あなた達を守れる保証はありません。死なせてしまえば、あっという間に私は犯罪者ですよ」

「そうだよマストール！　死んじゃうよ⁉」

「ぐ、ぐぬぬ……」

自分にSランクの依頼は荷が重いことを理解はしているらしい。

ただのバカでなかったことに安心しつつ、フィースは「まあ」と付け足した。

「身の程を知りたいのなら、いいですよ」

あまり気は進まないが、ここできっぱり断ってもマストール達はまた来そうだ。

なら、少し危険な目に遭わせて思い知らせたほうがいいだろう。

そう判断したフィースの言葉に、マストールは目を輝かせる。

「本当か!?」

「ちょ、マストール!?」

「そこの少年。名前は、なんといいます？」

「え……」

フィースに尋ねられた少年は、ドギマギしながら答える。

「べ、ベルトレ、です」

「そう。ベルトレ。もしもの時には、マストールのストッパーになってね。マストールと違って、あなたは落ち着いてそうだから」

「……はい」

「何だと!?」

フィースに食ってかかろうとするマストールを、ベルトレは慌てて止める。

「マストォルゥ……」

泣きそうになっているベルトレを気の毒に思いつつ、フィースは依頼を受け、冒険者ギルドを後にした。

◆　◆　◆

翌日、フィースは約束通り、マストールとベルトレを連れて森に向かった。

フィースが受けたのは、比較的危険の少ない素材採取の依頼である。

結果、マストールとベルトレは森で戦った魔物にけちょんけちょんにされた。

二人が弱いことについて、フィースは特に何も思わなかったが、マストールに盾にされたことでブチギレた。

「このクソガキ」

ズドンと魔物に弓を放つと、フィースはゆっくりとマストールに振り返る。

「クソガキ⁉」

「人を盾にとは最低だな、オイ？」

今日のフィースは若い男性の姿で、口調も荒い。

マストール達はフィースの体質に関する噂も聞いていたらしく、昨日と姿や口調が変わっていることについては特に驚かなかった。

しかし、この雰囲気は異常だ。

たじろぐ二人に、フィースはずずいと詰め寄る。

「これでわかったか？　たとえ王子だろうが貴族だろうが、普通の子供と変わらないんだよ。どうせ、二人とも勝手に家を抜け出してきたってとこだろ」

「……！」

「な、何でそれを⁉」

「護衛の一人もつけず、こんなところに来る王子がいるか」

フィースが「とっとと帰れ」と言い放つと、ベルトレは「帰ろう」と素直にマストールの手を引いた。

マストールはフィースに向き直り、小さくつぶやく。

「……覚えてろ。強くなって、見返してやる」

ベルトレの手を掴み、マストールは走っていってしまった。

その背を見送りながら、フィースはため息をつく。

「もう二度と、関わりたくない……」

何より、マストールといるとイライラした。

ベルトレは大人しそうでいいが、あれはダメだ。

関わりたくない、というか、関わるまいとフィースは心に決めた。

しかし、体質で姿が変わっても、なぜかベルトレに見抜かれることにより、フィースは結局二人の相手をせざるを得なかった。

何年にもわたって少年二人につきまとわれては、さすがにフィースも慣れてしまい、二人を連れて依頼を受けることとなった。

マストールとベルトレは成長し、もうじき成人を迎える。

そんなある日、依頼達成を冒険者ギルドに報告して外に出ると、突然、マストールがこれまでにないくらい真面目な口調で言った。

「フィース、今までありがとう」

「……？」

「私達はこれで最後。もうここに姿を現すことはない」

いつの間にか一人称が「私」となったマストールが、フィースにそう告げる。

「そう。やぁっとお守《も》りから解放されるのね。ベルトレも？」

「うん。俺はナハールの街で、ギルドを創りたい」

「いいわね。頑張って」

二人の巣立ちを、フィースは心から喜び笑顔でそう言った。

しかし。

「フィース、そこでだ」

何だか嫌な予感がした。

マストールはにっこりと、いい笑顔をフィースに向ける。

「ナハールの街で学園を運営してくれないか？　二百年前に建てられた歴史ある学園だ」

「…………は？」

「フィースが前に言ってただろ？　ギルドに小さな子供が来て、命をかけて依頼をこなさなきゃいけないのは学《まな》び舎《や》が足りないからだって」

「そりゃ、言ったけど」

マストール達のような物好きとは違い、生活のために冒険者になる子供もたくさんいる。

彼らは未熟ゆえに命を落とすこともあり、フィースは痛ましく思っていた。

それをマストール達に話したことはあるが、学園運営など思ってもなかったことだ。

「フィースが学園長になるなら、国で一番の学園になるだろうな」

「いや、え？」

「ちなみに父上には、私が大人しく王位を継ぐ条件として、今すぐ学園の運営権をくれって言った。フィースが断るなら運営権を放棄するつもりだ。そうなると、王位の件も考え直さないといけないな」

「……」

つまりは、逃げられないということだ。

フィースは、マストールと、穏やかに見守っているベルトレに叫んだ。

「このっ、クソガキ～～～っ!!」

◆　◆　◆

結局、フィースは学園長を引き受けることとなってしまった。

腹が立ったので学園の名前はオリジナルにしてやろうと思い、名付けたのが「英雄学園」だ。

それから改装工事も思いのままに行い、学園はフィースの庭となった。

押しつけられるかたちで学園長になったものの、子供達と送る日々は案外退屈しなかった。

英雄学園が有名になったことで、トリティカーナには他にもたくさんの学園が創設され、結果的に国が発展することになった。

ここまで見越して、マストールは自分に学園を押しつけたのだろうか。

だったら相当なものだ。

（まあでも、英雄学園をくれたし……ちょっと恨むくらいで許してやろう）

学園での平穏な毎日。

エルフの里で起きた出来事を、フィースは思い出さないようにしてきた。

今の、今まで。

◆　◆　◆

「そもそも、里から逃げてきた私が無責任だったの。ちゃんと戻って、世界樹に寿命を受け渡さないとね」

学園長の昔話が終わり、しばらく誰も言葉を発することができなかった。

ガディとエルルでさえも、沈痛な面持ちで口を閉ざしている。

そんな中で、ぽつりとアレクがこぼした。

「学園長先生、死んじゃうんですか……？」

泣きそうな声でアレクに言われて、フィースは苦笑いした。

「死ぬんじゃないわ。大事なことを、思い出しただけ。さあ行きましょう。瞬間移動するから、手を取って」

「……」

学園長に手を差し出されたが、アレクは動けない。

「アレク」

エルルがアレクの名前を呼んだ。

どうすればいいのかわからず、悩みながらフィースの手を握り返すと、目の前の景色がガラリと変わった。

第十話　学園長、エルフの里に戻る

「ここは……？」

「エルフの里よ」

気がつけば森の中にある集落のような場所に飛んでいたので、アレク達は呆然とする。

そこでアレクはエルフ達が自分に注目していることに気づいた。

「アレク君、カラーリングを解いてくれるかしら？」

「え？」

ポカンとして学園長を見ると、学園長はバツが悪そうに続けた。

「エルフは人間が嫌いなの。でも、かつてエルフはエルミア様――紫の髪と瞳の英雄に救われた過去がある。その色は子孫という証明になるから、警戒されないわ」

「わ、わかりました」

人前で意図的にカラーリングを解くのは初めてだったので不安になりつつも、カラーリングを解く。

　すると、周りのエルフ達が息を呑んだのが聞こえた。

「紫の髪に瞳……!?」

「エルミア様と同じだぞ」

「いや、人間だし追い出すべきでは」

「恩人と関わりがあるかもしれない人達を追い出すのか？」

　学園長の読み通り、エルフ達の態度は多少だが柔らかくなっていた。

　すると、学園長が里のエルフ達に向き直って告げる。

「みんな、久しぶりね。こんな姿になってしまったけれど……フィストルナよ。勝手な理由で里を出ていってごめんなさい。私が寿命の受け渡しをしないと……」

　エルフ達は信じられないといった顔で学園長を見つめつつ、ざわざわとし始める。

「フィストルナ……様？」

「本当に……？」

「姿は違うけれど……この魔力の感じは間違いない」

「フィストルナ様だっ!!」

　途端、わあっとエルフ達が喜びに沸いた。

　学園長の前にエルフの青年が進み出て、涙ながらに言う。

「勝手などではありません。幼いあなたにどれほどの重圧を背負わせることか、あなたが里を出ていかれてから私達はようやく気づきました。ハイエルフは寿命を受け渡すのが使命だと、そんな最低なことをずっと考えていたのです」

「みんな……」

「でも、今回のことで目が覚めたのです。本当に、こちらこそ申し訳ない」

「あ……」

里に帰ることをずっと不安に思っていた学園長の、肩の力が抜けた。

思わず座り込みそうになるが、そんなことをしている場合ではない。

「でも、寿命の受け渡しをしないと、世界が……」

「我らの寿命を、代わりに世界樹に渡しました」

「そんな……」

エルフの青年にそう言われ、学園長は衝撃を受ける。

「女王様が必死で編み出した解決法です。我らごときの命で世界が救われるのなら、軽いものでしょう」

自分が逃げたせいで、皆の寿命を渡さなければならなくなった。

その事実を知り、自分の罪の重さを改めて認識する。

「……ごめんなさい。私の、せいで」

「といっても、少しばかりの寿命ですから気にしないでください。我ら皆で協力したので、負担も軽いのです」

朗《ほが》らかに微笑むと、エルフの青年は学園長にこう言った。

「女王様に会ってあげてください。あなたのことを、心配していますので」


エルフの女王が住む立派な木の屋敷に、学園長はアレク達を連れて恐る恐る顔を出した。

使用人のエルフに女王の部屋まで案内され、そっと声をかける。

「……女王様？」

「その声は……フィストルナ？」

青白い顔の女性がこちらを向いた。

やつれた頬に、華奢な体。あまりにも弱々しい姿にアレクは息を呑んだ。

「あ、あ……本物かい？　フィストルナ？」

「はい」

「フィストルナ……」

椅子に座っていた女王はフラフラと学園長に近づくと、ギュッと娘を抱きしめる。

「ごめんね……嫌、だったね。怖かったね。ごめんね……」

「っ、ごめんなさい。ごめんなさい……！」

こんなに母に気遣われたことはなかった。

囁くようにそう言われて、学園長の口からも謝罪の言葉が漏れた。

そっと学園長から離れると、女王は優しげに微笑む。

「どうしたのです？　里に戻ってきてくれるのですか？」

「いえ、里に住むのではなくて……あの、その、寿命の受け渡しを……」

「無理強《じ》いするつもりはないですよ。私だって、嫌だったのですから」

女王は懐かしむように目を細める。

意外そうな顔をする学園長に笑いかけつつ、アレクを見つめる。

「そこの子。あなたは、一体？」

突然話を振られ、アレクは戸惑いつつ答える。

「あ、えっと、アレクっていいます。エルミア様の子孫です」

「そう。子孫……」

感慨深そうに、女王は深く頷いた。

「ここに来たということは、それなりの事情をお抱えなのでしょう？」

「は、はい！　僕の友達の聖霊がっ、魔物にやられて……」

動揺するアレクに代わって、詳細は学園長から説明した。

里を訪れた経緯を聞き、女王は静かに息をつく。

「……そうですか。なら、世界樹の精霊様にご協力いただきましょう」

「女王様。精霊様はどこに」

「……実は、眠っておられるのです。アレク様が里にいらっしゃったのは我らにとって幸運。どうか、目覚めさせてください」

女王は深く頭を下げた。


「こちらです」

女王に案内されてたどり着いたのは、天にも届くかというほど高い、大樹のもとだった。

これが世界樹らしい。

神聖なオーラを放つそれに、アレクはゴクリと唾を呑む。

「アレク、あそこ」

エルルが指差した先には木の窪みがあり、その中で一人の少年が眠っていた。

黄緑のフワフワした短い髪を持つ、幼い少年である。

「あれが、精霊様……」

「どうか触れてください。あなたが触れれば、精霊様は目覚めるでしょう」

言われるがままに、アレクは世界樹の精霊に近づく。

本当に少年は安らかに眠っていた。

アレクはその少年に、そうっと触ろうとして。


ガシッ。


「えっ」

「……」

手が、勢いよく掴まれた。

驚くアレクをよそに世界樹の精霊は目を開け、じっと、深い緑色の瞳でアレクを覗き込んだ。

「えっと、あの」

「……エルミア？　どうして？」

「僕、エルミア様じゃありません」

そう答えると、世界樹の精霊は眉根を寄せる。

「じゃあ、お主は誰だ」

「アレクです。エルミア様の子孫です」

「そうか、子孫……」

世界樹の精霊はアレクを頭の先からつま先まで眺めて、ふむ、と頷いた。

「さて、何十、何百年眠ってしまったのか」

大きく伸びをすると、少年は女王の方を振り向いた。

「おかしいな。今回は代替わりしていない。そんなに寝ていないのか？」

「あの。精霊様。どうか彼の願いを聞いてやってください」

女王がおずおずとそう申し出ると、精霊は目を見開いた。

「おお！　何か願いがあるのか？　エルミアの子孫よ」

「はい！　僕の友達の聖霊が、魔物にやられて体が砕けちゃって……」

「ふむ、なら調べてみよう」

目を瞑《つむ》り、精霊はブツブツと何かをつぶやく。

すると突然、「むぅ！」と驚きの声を上げた。

「砕けたのは氷の聖霊か！　困ったぞ。上位の聖霊だ。再生するのに何百年かかるか」

「そんな……」

精霊の言葉を聞き、アレクは俯く。

「悲しそうな顔をするでない。我の力を使えば……いや、待てよ。力が足りない」

精霊はキョロキョロと辺りを見回し、言葉を続ける。

「お主の力。それと、後ろの二人。それからハイエルフ。そなた達の力を貸してくれれば、再生できるだろう」

指名されたガディとエルルが、「「自分達も？」」と顔を見合わせる。

「そなた達、人間にしてはなかなかの魔力量だ。多少の力になるだろう」

「多少のって、何だよ」

「めちゃめちゃ力になってやるわよ！」

俄然《がぜん》やる気になった二人に、精霊は「いいことだ」と言ってニッと笑う。

「ハイエルフ」

「え」

てっきり、ハイエルフとは女王のことだと思っていた学園長だが、精霊がこちらを向いていることに気づく。今の学園長はハイエルフではなく、ただの人に見えるはずなのに、だ。

「なぜ、わかったのです？」

「我が世界樹の精霊だからだ」

ドヤ顔で言われたのは理由になっているのかどうかわからないような言葉だが、それは納得させるだけの勢いを持っていた。

「寿命の受け渡しをしなかった罪悪感があるのなら、これを手伝うといい」

「……承知しました」

学園長は意を決して、鋭い眼差しになった。

全員の顔を見回すと、世界樹の精霊は前に躍り出て、歌うようにツラツラと唱えた。

「我が名はルド。上位に属する世界樹の精霊である。さあ、アレクよ。我が名を呼ぶがいい」

「る、ルド！」

「……よい。さあ、我に全力で魔力を注げ。クリアを生み直してやろう」

魔力を注ぐ。

ポカンとするアレクだったが、先に動いたのは学園長だった。魔力を凄い勢いで、ルドに与え続ける。

それにガディ、エルルが続いた。

三人だけでも凄い魔力量だったが、それらは全て、みるみるうちにルドに吸い込まれていく。

「ぼ、僕も……！」

アレクも魔力を注ぎ出した。

すると、今までにないくらいの倦怠感《けんたいかん》がアレクを襲う。

「うっ……!?」

眩暈《めまい》に襲われ、くらりとするも何とか持ちこたえる。

見れば、ガディやエルル、学園長まで必死の表情で耐えていた。

恐らく魔力がこの中で一番多いアレクでさえ、ここまでつらいのだ。

アレクがもっと魔力を注がねば、三人の体がもたないだろう。

（もっと、もっと頑張らなきゃ……！　あれ、でも、あとどれくらい――）

「アレク!!」

名前を呼ばれてハッとし、思わず魔力の注入をやめた。

いつの間にか、魔力はもう充分溜まっていたらしい。

アレクの魔力は、ほとんど空になっていた。

「あ……」

三人と同じように力なく倒れ込むと、ルドの方へ目を向ける。

ルドはその魔力を空へ投げ、ギュッと固めた。

光の粒が舞ったかと思えば、凄い勢いで形を成して――

「……あら？」

クリアを、形作った。

「私、死んだはずじゃ」

「く、クリア～っ!!」

魔力を失ったことで気だるさを感じるが、それを引きずりアレクはクリアに抱きついた。

「アレク？」

「ごめんねクリア……！　僕の、身代わりに」

「……いいの。いいのよ。私は、大丈夫だから」

穏やかにアレクを抱きしめるクリアだったが、ルドに気づいて顔色を変える。

「世界樹の精霊……！　久しぶりね」

「まったく。お前を生き返らせてやったんだから、感謝してよね」

「ええ、ありがとう」

クリアは素直に礼を言い、倒れ込んでいるガディ、エルル、学園長にも頭を下げる。

「あなた達も。ありがとう」

「……もう勘弁してほしいな」

「そうね。かなり厳しいもの」

そう言うガディとエルルだったが、学園長は黙ったままだ。

どうやら相当消耗しているらしい。

ディザスターとの戦いで溜まっていた疲労も回復しきれていないので、もう限界だった。

「あなた、ハイエルフだったのね」

「……っ、ええ」

クリアに声をかけられ、学園長は弱々しく答える。

「ありがとう。本当に」

「でも……これは自分のためでもあったの。罪を償《つぐな》うために……」

クリアを助けるためでもあったが、学園長にとっては過去と向き合うという意味もあった。

礼を言われても、素直に受け取ることはできない。

「そうね。そうなのかもしれない。でも、罪滅ぼしだったとしても、私は嬉しい」

詳しい事情はわからないが、クリアは素直な気持ちを伝えた。

その言葉に安堵したのか、学園長は意識を手放した。

女王はアレクのもとへ来て、目線を合わせてしゃがむと、優しく言う。

「あなた達を元の場所に送ります。フィストルナを連れて行ってください」

「あの、いいんですか？」

アレクにとっては嬉しい話だが、女王やエルフ達は学園長に里にいてほしいはずだ。

「いいんです。あの子がこの里を気にする必要はありません。もう、ハイエルフだけが負担をすることはなくなりましたから。それと……」

女王はチョン、とアレクの頭を触れた。

その直後、アレクは視界に入った自分の髪が金色になっていることに気づく。

「これは……!?」

「ハイ・カラーリングです。カラーリングよりも解けにくくて便利ですよ。水じゃ取れませんから」

続けて、女王は学園長の頭を指で触れる。

「今、フィストルナにエルフの秘術を渡しました。これで使えるようになっているでしょう」

「そんなことできるんだ……」

「ハイエルフ、それに血族ですからね。しかし本人は無自覚だと思うので、伝えてやってください。そして、最後に」

女王は母の顔となり、アレクに言った。

「娘を、気にかけてやってください」

◆◆◆

「——！」

学園長が目覚めたのは、学園の医務室だった。

「ここは……」

「目覚めたのね」

クリアは学園長の目覚めを待っていたらしく、ベッドのそばで静かに佇《たたず》んでいた。

「クリアさん」

「あなた、気絶してたのよ。で、帰ってきたってわけ」

「私は、その……」

「あのままエルフの里で寿命を受け渡してから、女王を継ぐつもりだったでしょう」

言い当てられて目を見開く学園長に、「お母様から聞いたのよ」とクリアは付け足す。

「母親って凄いわね。子供のこと、結構わかっちゃうもの。ま、アレクの親はどうだか知らないけど」

そう言って、クリアは肩をすくめる。

「なら、それがわかってて何で女王様は――」

「あなたに自由に生きてほしいんだって。寿命はエルフ達がそれぞれ数年分差し出すだけで事足りるみたいよ。本人達も言ってたでしょ」

「でも……」

納得できない様子の学園長に、クリアはため息をつく。

「うだうだ悩む必要なんてないわよ。エルフにとっての数年は、人間の数ヶ月じゃない」

「じゃあ、次期女王は……」

言い淀む学園長に、クリアは大きくため息をついた。

「しばらく譲るつもりはないってさ」

「……」

「あなたなんかに、女王の座はまだ早い。千年後に出直してきなさいって」

「……そう。フフ」

女王は、とっくに世界樹に寿命を受け渡した身だ。

寿命はあと百年くらいしかないだろうに、千年とは。

現実味のない数字を言われて、学園長は笑った。

「そうね。私はあの人のこと、しばらく誤解していたのかも」

「……そうね。アレクもアレクで、母親と和解したらしいわ。あと、もう一人の兄ともね」

アレクが彼らからどんな扱いを受けてきたか知っていた学園長は、ひどく驚いた。

和解などできるはずがない。関わらないのが一番だと、そう思っていたのに。

「止めなかったの？」

「なんだかんだ言って、あの子は幸せそうだもの。幸せなら、私はそれでいいのよ」

「あなたはまだわかるとして、ガディ君とエルルさんが何も言わなかったことが意外だわ……」

「まあ、相当複雑だったみたいだけどね」

アレクも自分と同じように、母親と和解できた。そう聞くだけで、どことなく心強い気がした。

「学園長先生〜〜〜!!」

そこでアリーシャが医務室に飛び込んでくる。

「アリーシャ先生」

「大丈夫ですか!?　学園に出た魔物のせいで、大怪我を負ったと聞きましたけれどっ」

「ええ。案外平気よ……っ」

ベッドから起き上がろうとするが、学園長は力が入らず再び横になる。

慌てるアリーシャに、クリアは冷静に伝えた。

「ゆっくりさせてあげなさい。というか、あなたの大声は傷に響くわよ」

「あ、クリアさん。だったら治癒魔法をかければいいんじゃないですか？」

「治癒魔法をかけるほどの余裕がないのよ」

アレク、ガディ、エルルともに魔力はすっからかんである。

確かに三人は人外レベルの魔力を持っているが、上位聖霊であるクリアの体を創り直すには少し足りないくらいだったのだ。

学園長の魔力を入れてようやくクリアが戻ってこられたので、しばらくこの四人は魔力不足による倦怠感《けんたいかん》に苦しめられるだろう。

一応自分の命に別状がないレベルにとどめたらしいが、そんな加減ができたのかは疑問である。

「こ、困ったなぁ……ハンナ先生も手が離せませんし、怪我人が多いせいで治癒魔法の使い手もいませんし。おまけに私も使えないし……」

「いいんですよ。治癒魔法には今回は頼りません」

そう言った学園長は、心の中で付け足す。

(それに少しサボりたいし……)

「あ、学園長先生。まさかサボろうとか考えてます？」

「……そ、そんなこと」

「考えてますよね!?　その顔は！　充分に回復したらバリバリ働いてもらいますからね！」

「や、やっぱり学園長にならなきゃよかったかも……」

アリーシャの説教に、学園長はトホホと肩を落とした。

◆　◆　◆

「おーい！　ライアン、ユリーカ、シオン！」

「あっ、アレク！」

「アレク君……！」

学園祭は中止となり、生徒はそれぞれ家や寮に帰宅していた。

だが、ライアン達はアレクが心配で、ずっと捜し続けていたのだ。

シオンが思わず駆け出し、アレクに倒れる勢いで抱きつく。

「わっ」

「よ、よかった、よかったよぉ」

わーんと泣き出すシオンを宥めながら、アレクはトコトコとやってきたリルを見つめた。

「リル」

「アレク。お前がいない間に、私は働きまくったぞ」

「うん。ありがとう！　リルのおかげで助かったって言ってる人がたくさんいたよ！」

「フフン。もっと私を褒めるがい……」

『親さま～っ！』

リルの言葉を遮り、サファがアレクに飛びついた。

『親さまっ……お姫様が、これ！』

「どれどれ？」

サファが咥えていたのは、手紙だった。

急いで書かれたものなのだろう。その字はかなり乱れている。

「この度は多大なご迷惑をおかけしてしまい、大変申し訳ございませんでした。私は今回の件で、自分の未熟さを痛感いたしました。そこでハイド神父がかつて修業をしていたという南の大国、グラフィールで私も修業をしたいと思います……って、ええ⁉」

何と、ミラーナは国を渡って修業をすることに決めたらしい。

シルファもそうだが、ミラーナは決断すると行動がとても早いタイプだろう。

国王が全力で止めにかかっても、ミラーナには通用しないに違いない。

下手をすれば国際問題になりそうで、何だかとんでもないことになった気がする。

「キュキュ！」

「……スキャリー」

シオンの召喚獣であるウサギのスキャリーの潤《うる》んだ瞳が、きゅるんとアレクを見つめる。

何だかその目を見ていると、あれこれ心配しているのが馬鹿らしい気がした。

悩んだって仕方がない。アレクにも、ミラーナを止めることなどできないのだから。

「みんな、心配かけてごめん！」

「まあでも、私達が置いていっちゃったようなものだし。こっちこそごめん」

ユリーカが申し訳なさそうに謝るのを見て、ライアンは軽く笑った。

「そーんなこと、アレクは気にしてねーよ！」

「……ライアン」

「痛い痛いっ！」

ギュッ、とユリーカが思い切りライアンの脇腹をつねったため、ライアンが悲鳴を上げる。

お前が言うな、ということだろう。

それを見て、どっと全員から笑いが溢れた。

「おっ、おのれ……!!」

「アレクったら、あの子達とあんなに楽しそうに……!!」

木の陰からライアン達に妬みの視線を向けているのは、銀髪の双子だ。

通りがかる人々からは、もちろんドン引きされた。

魔力がなく調子が悪いのにもかかわらず、ガディとエルルは相変わらずの平常運転であった。

番外編　クーヴェルとヴェゼルの再会

ルフィーネ王国の騒動が決着した後、ヴェゼルは幼い頃に生き別れてしまった少女を捜すため、再び旅を始めた。

闇の力を持つがゆえに、猫人族の里で処刑されそうだったその少女は、ヴェゼルとその父に助けられて逃げることができた。

しかし、その後は行方知れず。

ヴェゼルはルフィーネの一件でアレク達と出会い、行方不明の彼女がどうやらアレク達の師匠となり、クーヴェルと名乗って各地を放浪しているらしいと知った。

希望を胸に旅立ったヴェゼルだったが、クーヴェルとの再会は、わりとあっさりしたものであった。

それは、アレク達の体育祭が終わった頃の出来事である。

「あっ」

「……ん？」

出会ったのは山の中だった。

クーヴェルは気晴らしに山登りをしている最中、ヴェゼルはクーヴェル捜しで次の街に移動しようとしていたところ、偶然鉢合わせた。

「……あえ？」

「もしかして、お前……ヴェゼル？」

「てぃ、ティナーゼ？」

クーヴェルがその名で呼ばれることも、随分と久しぶりであった。


里の仲間から疎《うと》まれ、自分には名前すらないと、一人で泣いた幼い日。

心細くて死んでしまいそうな時、ヴェゼルは少女のもとへやってきた。

どうして泣いているのかを尋ねられ、イライラしながら少女はぶっきらぼうに話した。

「いいわよね、あなたは立派な名前があるもの」

「名前が欲しいの？」

「そうね。でも、私はどうせ……」

誰にも名前を呼ばれることはない。そう続けようとした少女だったが、それに気づかずヴェゼルは提案する。

「じゃあ、ティナーゼっていうのはどうだ。俺の母さんの名前だ」

「……マザコン？」

「どこでそんな言葉覚えたんだよ！」


結局そのやりとりを最後に、ヴェゼルとクーヴェルは会うことがなかった。

ヴェゼルには、言いたいことが山ほどあった。

彼女と再会した時にはこんな会話をするのだろうかと、妄想してみたりもした。

感動の再会に涙するか、と思っていたが、まずヴェゼルの目に飛び込んできたのは黒焦げの料理であった。

ヴェゼルが感慨に浸っている間に、彼女は焚《た》き火《び》をして食事をし始めていたのだ。

「なんじゃそりゃあああああ!?」

「ん？　ヴェゼルも欲しい？」

「いらんっ!!　というか食うな!!」

料理の載った皿は、恐らく〔収納〕スキルでしまってあったのだろう。

ヴェゼルは皿を奪い、その料理を焚き火の中にぶち込む。

「ご、ご飯がぁ！」

「もっといいものやる！」

ヴェゼルはしょうがなしに、自分の荷物を下ろして干し肉を取り出した。

それを棒に刺し、焚き火の近くに立てる。

しばらく炙《あぶ》っているといい焼け具合になってきたため、塩を振りかけてクーヴェルに渡した。

「ほれ」

「うん、ありがと……」

串を素直に受け取り口にすると、クーヴェルはどこか寂しそうな顔をした。

「別にさ、食べる物なんて何でもいいじゃん」

「は？」

「だって私、味覚ないんだよ？」

クーヴェルは幼少の頃に毒を盛られ、生死の境を彷徨《さまよ》った過去がある。

その毒のせいで味覚がなくなったので、美味しかろうがマズかろうが味がわからないのだ。

そんなことを言い出すクーヴェルに、ヴェゼルはキレた。

「いいわけあるか!!　さっきのはご飯じゃない、炭だ!!」

「ひ、ひどい！」

「ひどいじゃない！　あれは体に毒だぞ!?　ミネラルはどうした！」

「み、みねらる？」

「栄養のことだよ!!」

あんな炭ばかり食べていては、いつか栄養不足で本気で死にかねない。

それを危惧《きぐ》したヴェゼルは小さな鍋を取り出し、先ほど近くの街で買った野菜を放り込んでスープを作り始めた。

それをぼんやりと見つめるクーヴェルの横顔を眺めながら、ヴェゼルは不満に思いつつ口を開く。

「しまらないなー。もっと感動的な、かっこいい再会を想像してたのに」

「相変わらずじゃん。昔もこんな適当な感じだったよ」

「なんだと？」

そうこうしているうちに、スープができた。

器によそってクーヴェルに差し出すと、一口ゆっくりと啜る。

「……あったかいや」

「だろ？」

「確かに、私のよりはいいかも」

うむ、と納得し、クーヴェルはヴェゼルに提案した。

「私達、このまま一緒に旅でもしない？」

「……そうするつもりだったんだけど」

「あ、そう？　ならよかった」

ヴェゼルは、何だか自分の想いだけが一方通行な気がした。

がっくりと肩を落としていると、クーヴェルが突然、意外なことを言う。

「じゃ、ついでに付き合っちゃおう」

「…………はい？」

思わず顔を上げ、クーヴェルを凝視する。

「コイビト。よくない？」

「いや、え、は？」

クーヴェルから唐突に言われて、ヴェゼルの頭の中は混乱していた。

「あれ？　ヴェゼル、私のこと嫌い？」

「嫌いも何も……あれ？　もしかして俺、告白する機会なくした？」

「やっぱり好きなんじゃん！　よかった！　じゃあ今日からヴェゼルは私の彼氏ね」

「？？？？？」

嬉しくないわけではないが、どうも腑に落ちない。

(何か、思ってたのと違う)

謎の虚無感を覚え、ヴェゼルはしばらくぼーっとしていた。

「ざまあ」なしで幸せを掴む
大逆転ファンタジー！

勇者パーティを追い出されたケイン。だが、幼なじみである勇者達を憎めなかった彼は復讐する事なく、新たな仲間を探し始める。そんなケインのもとに、凛々しい女剣士や無口な魔法使い、薄幸の司祭などおかしな冒険者達が集ってきた。彼は“無理せず楽しく暮らす事”をモットーにパーティを結成。まずは生活拠点としてパーティハウスを購入する資金を稼ごうと決心する。仲間達と協力して強敵を倒し順調にお金を貯めるケイン達。しかし、平穏な暮らしが手に入ると思った矢先に国王に実力を見込まれ、魔族の四天王の討伐をお願いされてしまい……？

●定価：本体1200円＋税　●ISBN：978-4-434-28550-9　●Illustration：サクミチ

犬の獣人ノアは、凄腕鍛冶士を父に持ち、自身も鍛冶士を夢見る少年。しかし父ノマドは、母の死を境に酒浸りになってしまう。そんなノマドに代わって日々の食事を賄うため、幼いノアは自力で素材を集めて農具を打ち、ご近所さんとの物々交換に励むようになっていった。数年後、久しぶりにノアの鍛冶を見たノマドは、激レア素材を大量に並べる我が子に仰天。慌てて知り合いにノアを鑑定してもらうと、そのレベルは596! ノマドはおろか、国の英雄すら超えていた! そして家族隣人、果ては火竜の女王にまで愛されるノアの規格外ぶりが、次々に判明していく——!

◉各定価：本体1200円＋税　◉Illustration：うおのめうろこ

『万能職』という名の雑用係をしていた冒険者ロア。常々無能扱いされていた彼は、所属パーティーの昇格に併せて追い出され、大好きな従魔とも引き離される。しかし、新たに雇われた先で錬金術師の才能を発揮し、人生を再スタート！　そんなある日、仕事で魔獣の森へ向かったロアは、そこで思わぬトラブルと遭遇することに――

◉各定価：本体1200円＋税
◉Illustration：らむ屋

◉各定価：本体680円＋税
◉漫画：宇崎鷹丸　B6 判

1~5巻好評発売中！

無限の可能性を秘めた神童の異世界ファンタジー！

神様のイタズラによって命を落としてしまい、異世界に転生してきた銀髪の少年ラルク。憧れの異世界で冒険者となったものの、彼に依頼されるのは冒険ではなく、倉庫整理や王女様の家庭教師といった雑用ばかりだった。数々の面倒な仕事をこなしながらも、ラルクは持ち前の実直さで日々訓練を重ねていく。そんな彼はやがて、国の元英雄さえ認めるほどの一流の冒険者へと成長する――！

◉各定価：本体1200円＋税　◉Illustration：パルプピロシ

待望のコミカライズ！好評発売中！

◉漫画：サマハラ
◉B6判 定価：本体680円＋税

ットで話題沸騰！
アルファポリスWeb漫画
面白い漫画が毎日読める!!
ALPHAPOLIS
アルファポリス COMICS
原作 あずみ圭 漫画 木野コトラ
ゲート GATE
自衛隊 彼の地にて、斯く戦えり
月が導く異世界道中
原作：秋川滝美
漫画：しわすだ
居酒屋ぼったくり
原作 紅月シン 漫画 觀月藍
強Fランク冒険者の
ままな辺境生活？
原作 初昔 茶ノ介 漫画 五月紅葉
前世で辛い思いをしたので、神様が謝罪に来ました
原作 霜月雹花 漫画 華尾ス太郎
愛され王子の異世界ほのぼの生活
人気連載陣
THE NEW GATE
素材採取家の異世界旅行記
異世界ゆるり紀行
～子育てしながら冒険者します～
いずれ最強の錬金術師？
追い出された万能職に
新しい人生が始まりました
勘違いの工房主
大自然の魔法師アシュト、
廃れた領地でスローライフ
and more...
原作 椎名ほわほわ
漫画 六堂秀哉
とあるおっさんのVRMMO活動記
原作：金斬児狐
漫画：小早川ハルヨシ
Re:MONSTER リ・モンスター
りすぐりの
Web漫画が
無料で読み放題！
今すぐアクセス！
アルファポリス 漫画
検索
アルファポリスアプリ
スマホでも
漫画が読める！
App Store/Google play
でダウンロード！